22ª edição

Marcia Kupstas

Histórias da turma

ENTRE LINHAS
ADOLESCÊNCIA

Ilustrações: Evandro Luiz

Conforme a nova ortografia

Atual Editora

Série Entre Linhas

Editor • Henrique Félix
Assistente editorial • Jacqueline F. de Barros
Revisão • Pedro Cunha Jr. e Lilian Semenichin (coords.) / Elza Gasparotto / Célia Camargo / Debora Missias / Renato Colombo Jr. / Camila Santana / Edilene Santos

Gerente de arte • Nair de Medeiros Barbosa
Supervisão de arte • Marco Aurélio Sismotto
Diagramação • Edsel Moreira Guimarães
Projeto gráfico de capa e miolo • Homem de Melo & Troia Design
Coordenação eletrônica • Silvia Regina E. Almeida

Suplemento de leitura e projeto de trabalho interdisciplinar • Isabel Cabral

Dados Internacionais de Catalogação na Publicação (CIP)

Kupstas, Marcia
Histórias da turma / Marcia Kupstas ; ilustrações Evandro Luiz. – 22. ed. – São Paulo : Atual, 2009. – (Entre Linhas: Adolescência)

Inclui roteiro de leitura.
ISBN 978-85-357-0605-5

1. Literatura infantojuvenil I. Luiz, Evandro. II. Título. III. Série.

CDD-028.5

Índices para catálogo sistemático:
1. Literatura infantojuvenil 028.5
2. Literatura juvenil 028.5

SARAIVA S.A. Livreiros Editores
Rua Henrique Schaumann, 270 — Pinheiros
05413-010 — São Paulo — SP
Fone: (0xx11) 3613-3000
Fax: (0xx11) 3611-3308 — Fax vendas: (0xx11) 3611-3268
www.editorasaraiva.com.br

22ª edição/7ª tiragem
2013

Visite nosso *site*: www.atualeditora.com.br
Central de atendimento ao professor:
0800-0117875

Impressão e acabamento: Yangraf Gráfica e Editora

ENTRE LINHAS ADOLESCÊNCIA

Histórias da turma

Marcia Kupstas

Suplemento de leitura

Morando no mesmo prédio, uma turma de jovens se encontra com frequência e experimenta as mais diversas situações. Da paixão desenfreada à escolha entre o namoro e a carreira; do ciúme à procura de um ombro amigo para se confortar; do conflito com os pais ao estreitamento das relações entre mães e filhas; da dificuldade em aceitar o diferente à proposta de mudança do mundo pela força jovem.

Histórias da turma, de Marcia Kupstas, revela o universo adolescente do final dos anos 1980, cheio de sonhos e desejos, conflitos e polêmicas e, sobretudo, repleto de energia para abraçar com muita emoção os diferentes caminhos a ser percorridos por essas jovens e cativantes personagens.

Por dentro do texto

•

Enredo

1. Embora fortemente inter-relacionadas, cada história de *Histórias da turma* mantém sua autonomia, como se fosse um conto ou um episódio de um seriado de tevê.

a) O que garante a autonomia de cada história?

b) O que determina a inter-relação das histórias?

c) Você já acompanhou algum seriado de tevê? Em alguns deles, embora cada episódio seja autônomo, é possível acompanhar a trajetória das personagens, o amadurecimento de suas ações, no decorrer do tempo, o que demonstra um caráter de continuidade. Em sua opinião, essa característica também pode ser notada em *Histórias da turma*? Justifique sua resposta.

d) Com base no texto inicial "A história das *Histórias da turma*", discuta com seus colegas qual seria a relação entre as

- o encontro entre Débora e Zé Paulo na praia, em "Um negro amor".

- o empenho da turma em não deixar impune a violência policial e a corrupção, em "Força jovem".

7. Em "Caminhos", Newton não consegue conciliar sua relação com Carolina e o investimento em sua futura carreira, sentindo-se forçado a escolher uma das duas opções. Carolina, por fim, toma uma decisão que implica sair de casa, abandonar os estudos e procurar um emprego para continuar a namorar Newton.

a) O que você faria no lugar dele? Justifique sua resposta.

b) O que você faria no lugar dela? Justifique sua resposta.

8. Em mais de uma história, Bete se mostra uma personagem insegura, reprimida.

a) Que tipo de problema a garota enfrenta em:

- "Noite mágica"

- "Pesadelos"

b) Ao iniciar o namoro com Pedro, Bete assume o "estilo" do

rapaz, apresentando mudanças, inclusive na maneira de se vestir. Qual é sua opinião a respeito?

9. Assim como os casais Newton/Carol e Bete/Pedro, Kátia e Carlos também têm divergências no que diz respeito ao modo de pensar e agir.

a) Indique algumas diferenças entre Kátia e Carlos.

b) Para você, qual seria o ponto de atração entre os dois?

Linguagem

10. A linguagem utilizada em *Histórias da turma* é informal, com características próprias da oralidade. Em sua opinião, esse tipo de linguagem é adequado ao gênero da narrativa? Por quê?

11. A maioria das histórias também se vale do discurso direto e da utilização de uma pontuação mais emotiva, que traduz os sentimentos das personagens. Todos esses elementos (tipo de linguagem, presença marcante do discurso direto e pontuação emotiva) conferem que características à narrativa?

12. Em "*Aloha*", nota-se uma variedade linguística própria de um determinado grupo social, o dos surfistas.

a) Transcreva um trecho do texto que exemplifique essa variação:

b) Escolha um outro grupo social que apresente uma forma diferente de falar e cite algumas palavras e expressões específicas em sua comunicação.

Produção de textos

13. Imagine que você se mudou para o prédio da turma. Quem conheceu primeiro? Em que situação? Como foi apresentado ao restante da turma? Foi bem recebido(a) pelo grupo? Com base nessas questões, crie um conto para *Histórias da turma* em que você também é personagem.

14. Em "Cerimônia *dark*", impedida de falar com o namorado, Bete escreve uma carta a Pedro. Imagine que você seja Pedro e escreva uma carta em resposta a Bete.

15. Elabore um texto dissertativo a partir de um dos temas seguintes: racismo, violência urbana, conflitos familiares ou escolha da carreira. Não se esqueça de expor seu ponto de vista, apresentar argumentos convincentes e uma conclusão ao final.

Atividades complementares

(Sugestões para História, Geografia e Ciências)

16. As histórias de *Histórias da turma* foram originariamente escritas no final da década de 1980. Já no início do século XXI, ao rever os textos para a nova edição, a autora declara que "Muitas histórias mantêm o frescor das ansiedades juvenis com a mesma intensidade dos anos 1980". Do mesmo modo, ela diz que alguns dos temas que eram incômodos naquela época talvez sejam menos incômodos atualmente.

a) Preencha o quadro a seguir, respondendo se os adolescentes de hoje enfrentam ou não os mesmos problemas, têm as mesmas dúvidas e ansiedades que os garotos de *Histórias da turma*. A seguir, discuta essa questão com seus colegas.

Adolescentes da década de 1980 (Retratados em *Histórias da turma*)	Adolescentes do início do século XXI (Leitores atuais de *Histórias da turma*)
Conflitos com os pais.	
Dúvida/medo de assumir um namoro mais exclusivo.	
Dificuldade em aceitar pessoas que se mostrem diferentes do grupo.	
Desafio de planejar a carreira e prosseguir nos estudos.	
Enfrentar a realidade da violência urbana.	
Dificuldade em lidar com irmãos possessivos.	
Receio em iniciar uma vida sexual.	

b) Há novos problemas a serem enfrentados pelos jovens atualmente? Quais?

17. Faça uma pesquisa com seus colegas de grupo sobre a gravidez na adolescência e as doenças sexualmente transmissíveis. Consultem livros, jornais, revistas, *sites* da internet, entrevistem especialistas. Em seguida, elaborem um texto informativo a partir do material consultado, tirem cópias e as distribuam à classe.

A HISTÓRIA DAS *HISTÓRIAS DA TURMA*

Histórias da turma me desperta lembranças muito queridas, que gostaria de dividir com você. Estão aqui reunidos textos publicados pela revista *Capricho*, nos longínquos anos de 1987 a 1989. Antes disso (antes até mesmo do lançamento do meu primeiro livro, *Crescer é perigoso*, em 1986), eu já colaborava com contos avulsos para essa que era conhecida como a "Revista da Gatinha". Um dia, sugeri à editora da *Capricho*, a Célia Pardi — uma profissional maravilhosa —, histórias sequenciais, com um mesmo núcleo de personagens que se repetisse nas edições mensais da revista. Ela topou. Então consultamos as cartas das leitoras, levantamos temas que seduziam as garotas da época, planejamos o ataque e surgiu *Histórias da turma*, sobre um grupo de adolescentes que mora no mesmo prédio, em São Paulo: Regina, Débora, Kátia, Karen, Norberto, Carlos, Newton, Carolina, Paulo e Rosane. Esses dez seriam os principais participantes das aventuras, com assuntos jovens: relação pais e filhos, namoro, irmão implicante, ciúme da amiga bonita, racismo, violência urbana...

O projeto inicial teria a duração de um ano, ou seja, doze edições da *Capricho*. Porém, quando saiu a primeira pesquisa com as leitoras, foi surpreendente a votação de *Histórias da turma* como uma das melhores seções da revista. E o sucesso continuou, por mais dois anos.

A participação das leitoras foi também um ponto forte desse projeto. Surgiam pedidos de dedicatória, meninas que gostariam de que eu as colocasse como "personagens" da série (fiz isso algumas vezes, com "amigas" que visitaram a turma aqui e ali, com o nome real de alguma leitora), sugestões de temas, comentários sobre esse ou aquele enredo... Enfim, *Histórias da turma* foi mais do que uma seleção de contos. Foi uma novela-de-tevê-sem-ser-na-tevê, interativa; um retrato do jovem da época.

Agora, revendo o livro para uma nova edição, confesso que me emocionei. Muitas histórias mantêm o frescor das ansiedades juvenis com a mesma intensidade dos anos 1980 (e talvez esses temas sejam eternos, não é mesmo?), mostrando a tensão do relacionamento familiar; a dúvida e o medo de assumir um namoro mais exclusivo; as dificuldades em aceitar pessoas que são ou se comportam de maneira diferente do grupo; o desafio de planejar a carreira ou prosseguir nos estudos.

Encontrei também temas que eram incômodos na época e talvez sejam menos, hoje. Confesso que meu primeiro impulso foi suprimir essas histórias; depois, refleti e achei que seria um desserviço com o leitor atual. Se a jovem dos anos 1980 sinalizava como problema a dificuldade em lidar com irmãos possessivos ou com os receios em iniciar uma vida sexual, isso deveria permanecer no livro. Até como retrato de época e reflexo do que se pensava a respeito. O leitor de hoje pode questionar essas dúvidas ou talvez descubra que esses assuntos continuam incomodando... era justo deixá-los inteiros, no livro.

Revisei alguns recursos de estilo, suprimi algumas citações ou gírias datadas, sintetizei alguns contos, mas, no geral, as *Histórias da turma* continuam como eram na época do lançamento. Saíram das páginas coloridas da revista *Capricho* e se fixaram para sempre em livro, para você, leitor, conviver com as personagens, com a intimidade de quem saboreia as aventuras uma após a outra, como se bisbilhotasse o diário de um colega ou também fizesse parte de um grupo tão interessante de pessoas.

Mantenho aqui um agradecimento carinhoso a tantas pessoas que fizeram parte do projeto, na época: à equipe da *Capricho* – Célia Pardi, Isabel C. Vieira e Ângela Ziroldo. Aos ilustradores Walter Ono e Cláudia Scatamacchia. E ao pessoal da Atual Editora, especialmente a Sonia Junqueira, que apostou na edição deste livro da turma que tanto sucesso fazia nas bancas de revistas.

Boa leitura, amigo(a). E um abraço carinhoso da

Marcia Kupstas

Sumário

Noite mágica

Não ter a menor vontade de ficar em casa. Não ter a menor vontade de sentir o quarto vazio, o silêncio. Mesmo que ligasse o rádio no maior volume, ainda assim os soluços iam fazer eco, por todas as paredes. O pior era saber que não estava sozinha, que não poderia conversar. A mãe não iria conversar com ela; não dizia que ela – Bete – era apenas uma criança? Crianças foram feitas para serem protegidas, poupadas. A mãe sempre a poupava e cuidava dela. Mesmo que tudo estivesse caindo, quebrando.

Bete aguentou o silêncio e o medo até quando deu. Depois, tentou dividir as tristezas com Kátia, vizinha do andar de baixo.

– Entra, Bete. A gente tá jantando... Você já jantou?

– Já – mentiu Bete. – Eu fico na sala.

– Que isso! Pega pelo menos a sobremesa. Mamãe fez um pavê "daqui".

Bete sentou longe, na outra ponta da mesa. A mãe de Kátia lhe ofereceu por três vezes a sobremesa. Karen, a irmã, desandou a correr para o telefone, largando tudo – era seu namorado. Seu Valdir, o pai, tão simpático de bermuda e cabelo úmido, gozava do jeito desastrado da esposa de servir pavê. Eles pareciam tão bonitos, tão felizes... Por que tudo corria bem na vida de Kátia? Bete se sentiu mais infeliz, mais sozinha. Quase chorou. Disfarçou a voz rouca falando muito depressa:

– Eu esqueci um negócio em casa. Depois eu volto.

Não voltou. Kátia é que precisou achar a amiga, minutos depois.

– Pô, o que deu em você, Bete? Sair correndo? – Kátia olhou em volta de si, o apartamento na penumbra.

– E a sua mãe, não está?

– Lá no quarto.

– O seu pai?...

Uma pergunta e uma insinuação. Bete deu de ombros, abaixou os olhos. "Iiiiiih, aí tem coisa", Kátia pensou. Muito mais coisa do que poderia imaginar naquele momento. Só ficou olhando para a amiga, o cabelo curto, o rosto, os olhos. Os olhos? Molhados.

– O que foi, hem? – Kátia falou baixo, pegou na mão da amiga.

– Você sabe, Kátia. Todo mundo sabe, eles só brigam. Eles pensam que eu sou boba. Que não enxergo. Mas eles... – Aí, sim, o choro.

Kátia abraçou a amiga; o cabelo comprido ficou no meio das duas, suavemente se deixando molhar.

Um bom tempo as duas ficaram abraçadas. Na cabeça de Kátia, uma mistura de raiva e tristeza. Muita raiva de dona Marta, sempre tão solene, tapando sol com peneira, todo mundo vendo o pai de Bete chegando tarde, as discussões... e no dia seguinte dona Marta com o rosto escondido na maquiagem, o jeito de impor o "ninguém tem nada com nossa vida".

Nem a filha tinha algo a ver com a vida deles.

– Dessa vez é pra sempre, Kátia. Eles falaram em divórcio. Eu já estava dormindo, mas ouvi a briga... Aí o pai saiu. Mamãe se trancou no quarto. Eu queria falar com ela, mas ela só disse que era hora de criança estar na cama... Não sou criança. Eu queria tanto que ela... – Olhos úmidos de novo, um carinho no cabelo de Bete.

O apartamento na estranha penumbra, apenas uma luz acesa no corredor. Eram mais de sete da noite.

– Você precisa falar com ela, Bete.

– Pensa que eu não tentei? Você conhece minha mãe... Está lá no quarto. Me viu chegar da escola, falou que tinha dor de cabeça e se trancou no quarto. Prefere me deixar sozinha a dividir sua tristeza comigo... Só vai aparecer quando tiver se maquiado, colocado salto alto... pra dizer, como sempre: "É briga de casal... Acontece com todo mundo...".

Pausa comprida. O relógio da sala deu uma só badalada: sete e meia? Bete suspirou.

– Mas dessa vez ele falou em divórcio. Antes, ele nunca disse isso. E não voltou. Saiu ontem e não voltou.

Kátia andou pelo apartamento, mexeu numa coruja de cristal sobre a escrivaninha. Coçou a cabeça. Detestava tudo aquilo que não tivesse uma solução imediata. E o caso de Bete – melhor, dos pais de Bete – parecia absolutamente sem solução.

– E se a gente falar com a mãe da Débora?

– A Míriam? E por quê?

– Poxa, ela é divorciada... sei lá. A Débora me parece tão tranquila, a Míriam é legal... a mãe mais legal aqui no prédio. Bem que ela podia dar um toque na sua mãe.

– Conversar com mamãe? – Bete se ajeitou no sofá, o rosto moreno com um leve rosado. – Você sabe o que minha mãe acha da Míriam? Só falta dizer que é piranha.

– Sua mãe, também, hem? – Kátia segurou a vontade de dizer o que achava de dona Marta. Hipócrita, insensível, burra. Não via que a filha não era mais criança, não via quando precisava pedir ajuda, parar com orgulho besta. Quando devia perder a pose e...

Crescer. Isso Kátia falou, apesar de ela mesma ter apenas dezesseis anos. E começou a discar o número do telefone de Míriam, a mãe legal, a divorciada que poderia ajudar Bete. Discou; o telefone chamou pela primeira vez.

– Você acha que a Míriam vai falar comigo? – disse Bete.

— A Míriam não precisa falar com você, Bete. Mas eu preciso.

Kátia bateu o fone; as duas surpreendidas com a presença de Marta. E mais surpresas pela camisola, o rosto sem maquiagem, pálido, o cabelo enrolado em coque. "E um sorriso estranho nos lábios", pensou Kátia. Porque pela primeira vez parecia sincero.

— Mãe, a gente não ia falar com a Míriam pra te provocar.

— Não se preocupe, filha. Eu ouvi... Vocês estão certas. Eu precisava muito conversar com você. Você cresceu, Bete. E acho que a única pessoa que não percebeu isso fui eu.

Bete ficou vermelha, o rosto queimando, uma vontade ardida de chorar. A mãe sorriu, outra vez o sorriso fundo, vindo de um lugar desconhecido. Lugar desconhecido de sua filha, de todos.

— Tenho tanta coisa pra conversar com você, Bete... sobre nós. Sobre seu pai. Se você vai morar comigo ou com ele.

— É verdade, então?

— Não fica desse jeito, filha. Talvez seja melhor, talvez eu não precise mais fingir que nós nos damos bem, que não brigamos. Quem sabe isso tudo até ajuda a gente a ficar mais amiga...

Dona Marta chegou mais perto da filha. De um jeito quase desajeitado, ensaiou um abraço. Kátia se sentiu sobrando, tão surpresa com a mudança, ou com a penumbra, a cena: mãe e filha abraçadas como se fizessem parte de um quadro. Foi saindo devagarinho, pra não quebrar a magia, o desenho. Estava girando a maçaneta; ouviu:

— Kátia?... Sabe, qualquer hora dessas eu gostaria de conhecer a Míriam. Você me apresenta?

— Claro, dona Marta.

— Marta. Quem sabe, eu descubra por que ela é a mãe mais legal do prédio, como você falou.

Kátia desceu pelas escadas, devagar. Com a estranha sensação de que existem noites mágicas. Decisões, amizades. E a profunda certeza de que a amiga não ia ficar sozinha aquela noite. Podiam ser apenas duas mulheres em um apartamento, entre um monte de decisões. Mas não estariam mais — talvez nunca mais — solitárias.

Irmão é pra essas coisas?

Newton torcia as mãos. Gaguejava. Por três vezes começou a falar e por três vezes pediu desculpas e voltou ao começo. Kátia olhou para o relógio. Débora disfarçou um bocejo. Carol deu força, pela terceira vez:

– Tudo bem, Newton. Não esquenta. Começa de novo.

– A minha pesquisa com fósseis apresentou um resultado interessante... – Pigarreou. – Bem, as diatomáceas, como sabe, são algas revestidas de sílica e ... – Deu uma olhada no papel. Suor na testa.

– Olha, Newton – Débora levantou, pegou a bolsa, ajeitou o cabelo –, adoro você, mas já me enchi com essa diatomaceia e tal.

– É diatomácea – corrigiu ele.

– Por aí. Seu seminário vai ser ótimo, mas não tô cursando Química e não dá pra entender. Não fica magoado, mas é hora da janta.

Kátia aproveitou a "deixa" da amiga e se mandou junto. Carlos apareceu com um tapinha no ombro:

— Tá legal. Relaxa e faz de conta que a classe é a turma. Aí vai bem. — E, como tinha reunião no PT mais tarde, foi embora.

Bete conseguiu uma desculpa; virou-se para Carolina, mas ela resolveu ficar. Apenas Carol e Newton, na sala do apartamento do "cientista maluco", além de quinze caixas de fósseis.

•

— A Carol não veio? — perguntou Kátia, esperando o elevador.

— Deve adorar cientista maluco. Ainda aguenta outra aula — falou Bete.

— Sabe o que eu acho? — Kátia deu um piparote no chiclete, que voou pro lixo. — Bete, pra mim a Carol tá a fim do Newton. E eu só quero ver o que o irmão dela vai falar disso.

— O Paulo? Ele ainda acha que a Carol brinca de boneca. Mas será mesmo, Kátia?

— Ah! Eu não tenho dúvidas! — E Kátia apertou o botão do elevador, muito certa sobre o que afirmava dos corações humanos.

•

No apartamento de Newton, a conversa não era sobre corações humanos, mas sobre fósseis e Química.

— O seminário tá muito chato, Carol? Quer dizer, nem você nem a turma conhecem Geologia, mas será que eu consigo?

— Confio tanto em você, Newton... — Carol sorria pelos olhos brilhantes. — Você vai ao aniversário da Regina, no sábado? Vai ser aqui no salão de festas. Meus pais me deixaram ir.

— Claro. O Carlos já me convidou.

— Preciso ir. Na festa você conta do seminário.

Carol estava tranquila. Era difícil vê-la à vontade como ficava quando estava perto de Newton. Ele sorriu, sem saber se dava ou não um beijo no rosto da garota. Fizeram um tchau, de longe. Quando a porta fechou, Carol mandou um beijinho. Mas só depois que a porta foi fechada.

•

A decoração tinha de ser azul, porque Regina descobrira numa revista de horóscopo que essa era sua cor de sorte. Então, os pôsteres na parede tinham fundo azul, as flores eram azuis... e até o seu vestido, recebendo os convidados, às dez da noite. Já havia gente dançando, conversando. A turma começava a chegar.

Carolina fora uma das primeiras. Usava um vestido novo, o batom emprestado de Débora (sua mãe proibia que "crianças" usassem maquiagem). E muito nervosa.

– Você viu meu irmão, Débora?

– Não, Carol. – Era a terceira vez que respondia a essa pergunta. – Ele nem vai vir. Você sabe como ele esnoba a gente.

– Ah, você não conhece o Paulo. Ele não vem aqui se divertir, mas pra me controlar. Você acredita que meu pai me deixou vir, mas o Paulo regulou a hora de voltar? – Carol ficou triste, abaixou os olhos.

– Carol, você tem de se impor. Ninguém dá liberdade. Isso não existe. A gente é livre se brigar por isso.

– Pra você é fácil; sua mãe é legal. Mas comigo...

Kátia apareceu, de minissaia e aplique no cabelo. Ficava com uma trança compridíssima. Ia dar uma voltinha, se exibindo, quando chegou Newton. Pra espanto das meninas, com um vi-su-al... O cabelo cortado, camisa de manga curta e suspensório. Além de uma gravata. Uma mistura de garoto na moda e figura antiga, cavalheiro. Kátia olhou bem pra Débora, as duas olharam para Carol, que olhava pra Newton...

Começou a tocar *London, London*. Kátia deu uma escapada; foi dar uma volta. Débora deu um jeito de dançar com um loirinho. Ficaram Newton e Carolina. Carol fechou os olhos.

Adorava a música, a voz rouca de Paulo Ricardo vindo mansa em seus ouvidos. Uma sensação de flutuar. O toque de mão em seu braço.

– Quero dançar com você, Carolina.

Não havia muito o que falar. Carol sentiu um cheiro bom de lavanda, o contato do ombro de Newton, tão mais alto que ela. *London, London* nos ouvidos.

– Eu gosto de você, Carolina.

London, London.

Carol abriu os olhos. Não via o nariz grande de Newton nem sua boca estreita. Via olhos brilhantes, sentia um coração batendo forte debaixo da camisa – por ela. E lábios que se aproximavam.

O beijo. Tímido, e depois mais íntimo. A certeza de que se gostavam.

A música terminou; os dois continuaram abraçados. Sensação de febre sem dor. E os gritos, mais altos do que o *rock*.

– Eu não quero nem saber, eu vi aquele *xxxxx* beijando minha irmã. Vou acabar com aquele *xxxxx* do Newton, vou *xxxxx* ele.

Era Paulo, xingando mais do que bêbado em fim de noite. Carol saiu correndo; Paulo se agarrou na gravata do Newton e puxou. Acertaria um murro nele se Carlos não se jogasse em seu braço.

– Não é com você, Carlos! Me solta! Meu papo é com esse aí! Tem que respeitar minha irmã!

– Se é pra respeitar, VÊ SE VOCÊ RESPEITA A FESTA DA MINHA IRMÃ! – Carlos gritou e soltou Paulo, que percebeu o papelão, respirou fundo.

Por sugestão de Carlos, foram os três para o jardim.

– Não sou de briga, Carlos. Mas darem malho na minha irmã...

– Não foi malho. Foi um beijo – falou Newton.

– E ainda responde pra mim! – O outro ia pular em cima do Newton.

Carlos precisou interceder:

— Para aí, Paulo! O que houve com a Carol? Ela foi humilhada? Bateram nela?

— Claro que não! Esse estúpido deu um beijo nela!

— Um beijo! Ooooh! — Carlos andava cheio do clima de novela mexicana. Achava tudo aquilo ridículo. — E daí? Você já se perguntou que direito tem de se meter na vida dela?

— Paulo, eu gosto da Carol. Quero namorar com ela. Se quiser, até falo com seu pai. — Newton estendeu a mão.

Por essa Paulo não esperava. Até gaguejou.

Carlos buscou cerveja. E, depois de três rodadas, Paulo já dava tapinhas nas costas de Newton, que, desacostumado a beber, estava supervermelho.

— É que irmão tem de cuidar. Sabe, a menina fica falada; irmã é irmã, tem de cuidar...

Pareceu que tudo terminaria bem. Paulo se sentia entre amigos. Tão entre amigos que, quando viu um casal sentado ali perto, começou a falar alto:

— Pô, Newton, mas aquela é a sua irmã... Você conhece o cara que tá com ela? Não? Quer que eu vá lá dar uma dura neles, hem?

E o jeito foi o Newton, tonto de cerveja, ir sugerir que a Rosane fosse dar seus beijos mais longe, antes que um irmão justiceiro acabasse com o seu namoro...

A gorda

— Quer parar de comer? Esse nhac-nhac me mata! — gritou Débora, tentando se concentrar no livro.

— Desculpe... Quer uma batatinha? — Eliana ofereceu pra Regina, que só mexeu a cabeça, negando.

— É por isso que você está gorda — falou Rosane, mordendo a ponta da caneta.

Eliana deu de ombros, esvaziando o saquinho.

Seria a pior prova do ano. Se antes o professor de Matemática era um velhote cheio de discursos, agora era pior: Kléber, o novo "fessor", podia ser um gato, mas tinha unhas bem afiadinhas, o danado: prometera a prova mais "completa" possível.

— Rosane, seu irmão não te ensinou nada ontem? — perguntou Regina.

— O Newton? Ah! Depois que ele começou a namorar a Carol, parece que mora na casa dela.

— Pro Carlos eu nem pedi. Ele vem com reunião do PT, "tô atrasado"... — reclamou Regina. — Só a Débora topou dar uma força...

As garotas olharam pra Débora, que tentava recordar as fórmulas das equações, aprendidas um ano antes. Podia ser prestativa, mas...

— Acho que isso eu sei — falou Eliana, limpando a gordura das batatas no queixo. — Passa o livro.

– Você não faltou uma semana na escola? – perguntou Rosane, rindo.

– Ah, o Benê me ensinou.

– Queeeeeee Benê? – perguntaram todas.

– Benedito. Um amigo meu.

– Será o Benedito? – gozou Rosane. – Agora a Gorda aparece de amigo escondido, mestre em Matemática.

– Mestre, eu não sei. Mas acho que entendi essas equações.

– Vai em frente... – disse Débora, estendendo o livro.

Eliana se pôs a rabiscar e conferir números. E não é que o exercício conferiu com a resposta?

– É, parece que é isso aí. Como faz? – perguntou Regina.

Não só *parecia* como *foi*. Dia seguinte, conferindo resultados, as três se abraçavam e comemoravam: Rosane desfilando de batom novo, Regina agradecendo ao horóscopo, Eliana pedindo um *cheese egg*-especial na cantina do colégio.

– Gorda, o tal Benê ajudou mesmo... É seu parente?

– Não – falou Eliana, tranquilamente limpando a maionese do queixo. – Passa sempre na loja da minha mãe. Aí um dia eu estava lá estudando e ele me ensinou. É um cara legal.

– Conheço esses caras legais... E não pintou uma paquera? – perguntou Rosane, muuuuito interessada num gato de bermuda do terceiro colegial.

– Acho que não. – Eliana deu outra mordida-monstro no lanche, a maionese escorregou toda, foi fazer um *plof* na sua calça.

– Pô, Eliana, assim não dá! – gritou Rosane, percebendo seu "paquera" rir, com uns colegas, do azar de Eliana. Rosane se sentia quase humilhada, mesmo não estando na pele da amiga.

– O que é que não dá?

– Ah! Você nem liga pra aparência, nem parece... – Rosane ia falar "normal". Devia ser algum grande erro, mas uma adolescente que não ligava pra moda, nem pra pele, nem pro peso extra só podia ser alguma "monstruosidade". Só que Rosane acabou nada falando. Olhando o rosto redondo e tranquilo de Eliana, sabendo do seu bom humor e lealdade, só restava sorrir. Foi o que Rosane fez, piscando pra Regina, como se falassem, por telepatia, que aquela ali "não tinha jeito".

— Vamos avisar a Débora.

Ali mesmo, do telefone da cantina, comemoraram a nota com a amiga.

— Fico supercontente, meninas. Mas eu ajudei pouco... — Barulho pelo fio, choro de nenê. — Escute, eu... olha, por que vocês não aparecem em casa de noite? Meu pai tá aqui; chegou de Salvador...

— A sua irmã tá aí?

— É, a Tatá também veio... Apareçam aqui, a gente faz uma festa. E diz pra Gorda trazer o tal Benê.

Ah, a Tatá! Débora estava a mil por causa dela. Era a filha do segundo casamento de seu pai, Vlado. Ele e Míriam estavam separados, mas eram amigos. E Débora era a irmã mais coruja do mundo. Se pudesse, passaria o dia dando beijos na bochecha da irmãzinha.

— Ai, que bebê liiindo! Deixa eu segurar! — gritou Kátia, toda escandalosa, pegando Tatá com tanta pressa que a garotinha fez cara de choro.

— Você tem de ser metida, hem, Kátia? — falou Carlos, tirando Tatá do colo da outra. — Com o titio ela não chora.

Foi falar isso e Tatá abriu o maior berreiro. Débora precisou correr para tirar a irmã daqueles desastrados...

O pessoal foi chegando. Míriam deixou cervejas e salgadinhos sobre o bufê, conversava à vontade com o ex-marido (o que Carol — mesmo querendo fugir dos preconceitos — não deixava de achar "esquisito").

MPB tocando, amigos sentados pelo chão e pelos sofás, Carlos insistindo em que "seu Vlado", como ele o chamava, tocasse alguma coisa no violão (era ótimo o pai da Débora), e estava tudo assim, muito do gostoso e tal, quando a campainha tocou e Rosane foi atender.

Quase caiu pra trás.

– O-oi...?

Era o moreno mais lindo que já tinha visto na vida! Alto, musculoso, dentes lindos e olhos... olhos claros. Nunca tinha visto o gato em sua vida. Amigo do Vlado?

– Oi... a Eliana está? – Ele sorriu.

– Eliana, que Eliana? A Gorda? A Go-gor... espere aí, vou ver... – Nervosa, gaga, Rosane "caçou" a Gorda e agarrou no seu braço com tanta força que fez a amiga derrubar a empadinha.

– Corre ali, Eliana. Tá na porta o homem mais bonito que eu já vi! – Arrastou a Gorda, ainda que a outra quisesse andar devagar.

Eliana deu um beijo no rosto do rapaz e apresentou:

– Este é o Benê. Essa é a Rosane... aquela ali é a Regina. São as amigas de quem falei.

– Sei. Prazer. – Voz rouca, sedutora. E daqueles homens "pegões", cheios de charme. Segurava a mão de Eliana, ia sendo conduzido por ela, que o apresentava às pessoas...

Rosane estava se abanando, perto da janela. Débora abriu tanto a boca, quando viu o tal Benê, que a chupeta da Tatá era menor do que seu bocão arregalado.

– Seu Vlado vai tocar... Gente, vem sentar aqui perto... desliga a vitrola. Você aí, apaga uma luz... – Carlos comandava o *show*.

As pessoas foram se calando; um e outro sentou no chão. Eliana e seu gato-lindo-sedutor (como murmurava Rosane para si mesma) se ajeitaram num cantinho mais escuro. O violão começou a soltar um som delicioso, Vlado começou a cantar: "Meu bem querer é segredo, é sagrado e está sacramentado em meu coração"... e aí, devagarinho, a Débora foi acompanhando o pai; Carolina também, e logo todos cantavam, afinadinhos.

Mas afinadinhos mesmo estavam Eliana e Benê. Rosane desviou o rosto quando viu os dois se darem um beijo e o jeito foi cochichar na orelha da Regina, as duas muito jururus:

– Olha... e eu que achava que a Gorda era sonsa!

Pai-monstro

— Mãe... por que eu não tenho pai?

— O que é isso, Débora? — Míriam ficou tão chocada com o que a filha havia dito que largou a louça na pia e foi sentar ao lado dela.

— Como assim, não tem pai? O Vlado...

— O Vlado foi embora, mãe, ele voltou pra Salvador... Eu já curtia tanto a Tatá, minha irmãzinha... e ele volta pra lá, pra outra mulher dele. E larga a gente. — Débora chorava.

— Filha, já conversamos tanto sobre isso... Ele ama você tanto quanto a Tatá.

— Não sei... Isso eu não sei... — Débora apertava os dedos no guardanapo com tanta força que eles avermelhavam.

Míriam segurou em sua mão. Débora afastou o carinho.

— Filha... não fale assim. Eu amo tanto você.

— Tá vendo? *Você* ama. Só *você*. Eu não tenho mesmo pai.

Míriam tentou abraçar a garota, que afastou o corpo. Era uma inútil sensação de fragilidade e raiva, raiva de si mesma, de provocar um assunto doloroso. Eram tantas coisas, que fizeram Débora empurrar a cadeira e sair correndo, sem esperar o elevador nem nada, indo pela escada.

Parou no sexto andar, sentou nos degraus, sem fôlego pela corrida, sem fôlego pelo choro, tapando o rosto com as mãos e chorando, chorando...

Sexto era o andar do Newton. Foi um acesso, ia se encontrar com a namorada; ouviu barulho na escada...

— Débora, o que houve? Menina, o que você...

— Ai, Newton... eu sou uma boba... — E chorava.

— Calma... chora que faz bem. Vai, encosta aqui... — Newton apontava para o ombro.

Débora se apertou nele, ficaram os dois abraçados.

— Você brigou com sua mãe, foi isso?

— Hum-hum... Eu disse pra ela que eu não tinha pai.

— Oh, Deborinha... que coisa feia pra se dizer...

— Feia? Pô, meu pai vem visitar a gente só de vez em quando... Tem outra mulher e outra filha em Salvador, e...

— Mas você curte tanto a Tatá, uma gracinha de bebê.

Débora recomeçou a chorar. Newton abraçou-a com mais força. Talvez força demais, pela amizade, pelo carinho. Só que não foi isso o que Paulo pensou, vendo os dois: Paulo, o irmão de Carolina, que havia dado um baita trabalho para se convencer das boas intenções de Newton em relação a Carol.

— Eu sabia! Você... você... me paga! Eu vou lá agora, vou contar para a Carol. Seu idiota, seu...

— Espere, Paulo! Deixa eu explicar! — gritou Débora. Mas ele já havia corrido pela escada. — Oh, meu Deus! Ainda te arrumei problemas com a Carol. E eu gosto tanto de vocês.

— Sossega, Débora. Depois eu falo com a Carol. Eu quero saber de você, agora. Do seu pai.

A conversa não pôde ir muito longe. O barulhão de passos rápidos pela escada interrompeu o clima. Era o seu Heitor, pai de Carolina, com o filho. Atrás dos dois, a própria Carolina, tentando segurar o pai.

– Molequinho sem-vergonha, nem disfarça! – "Seu" Heitor começava a tirar a cinta, sendo incentivado por Paulo, pra dar uma surra no rapaz.

Uma gritaria começou a atrair gente de outros andares, mais pessoas... Míriam inclusive.

– Pare, seu Heitor! Deixe o rapaz se explicar. – Míriam se colocou diante de Newton, protegendo-o da raiva do homem.

– Foi minha culpa, seu Heitor – disse Débora. – Eu briguei com a mamãe... corri pela escada, estava chorando... O Newton me deu um abraço. Sem nenhuma maldade, Carolina. Eu gosto demais de vocês, nunca ia...

Era ridículo se expor assim a tantas pessoas, desconhecidas, até. Era ridículo. Débora foi pedindo licença, quase empurrando tantos fofoqueiros, tantos xeretas perguntando "o que era". Subiu os degraus ouvindo atrás de si os gritos de Newton – perdera a paciência com seu Heitor, que ameaçava pedir desculpas, mas de jeito insolente. Débora voltou ao apartamento e se jogou no sofá.

– Que confusão... – Míriam entrou, trancou a porta e se jogou no outro sofá, diante da filha. – O Heitor é terrível! Débora...

– Está bem, mãe. Desculpe. Foi uma fossa, eu me senti sozinha...

– Só quero te explicar uma coisa: as pessoas se separam não porque se odeiam. É que às vezes não dá pra combinar. Temperamento... Eu nunca quis falar mal do Vlado, mas a gente se casou tão jovem. Ele sempre gostou de violão, de boemia, chegar de madrugada. Não combinava...

– E como combinou com a Sílvia, a mãe da Tatá?

– É diferente! Ele se casou com a Sílvia com 35 anos, depois de viver bastante, até de *sofrer* bastante. Isso muda as pessoas.

– Não podia mudar com você, comigo?

— Você se perguntou se eu gostaria de esperar que mudasse? Aguentando anos e anos até que o Vlado saísse da adolescência?

Débora encarou a mãe, que estava com os olhos brilhantes, secos. Míriam tinha o direito de ter a sua vida, fazer suas opções. Tocou o telefone.

— Débora, é o Vlado no telefone. Quer falar com você.

Por longos segundos, Míriam ficou segurando o fone, estendido para a filha. Débora finalmente atendeu.

— Alô... pai?

— Débora, eu adoro você. Fiquei tão chateado com o que a Míriam disse...

— Tudo bem, pai, foi só uma fossa. Eu fiquei com saudades. Você foi embora anteontem e me senti sozinha...

Míriam saiu da sala, deixou que Débora abrisse o coração com Vlado. Tinha louça pra terminar de lavar, e ainda precisava tomar banho, arrumar a roupa para o dia seguinte. A filha apareceu à porta da cozinha.

— O Vlado falou que me ama, se quero ir pra Salvador nos feriados.

— E você vai?

— Sei lá... se você deixar.

Míriam abraçou a filha, levantou o rosto dela: olheiras, nariz sujo.

— Você fica tão feinha quando chora, sabia?

— Um monstro... — Débora fez uma pausa, sorriu. — Pareço o seu Heitor...

As duas se encararam. E começaram a rir, rir alto, apertando-se num abraço de mãe e filha. Mais do que isso: de grandes amigas.

Um negro amor

Salvador, noite quente de março.

Kátia, Kationa, amiga do peito, faz cinco dias que estou em Salvador. Sol, sol, sol. (Agora eu perco essa cor de leite azedo de qualquer maneira!) E tanta coisa acontecendo... Aqui tá gostoso, mas não sei... muita saudade. Da mãezona, a Míriam. Escrevi para ela também, mas aí foi só pra falar o "muito bom". Pra você, não. Pra você eu queria contar as coisas que a gente não conta pra mãe. Sei lá, nem sei se é "proibido", é que, se a gente falar, por exemplo, que numa tarde de sol resolveu ficar em casa e ler um livro, a mãe já acha que é doença. E não é nada disso, é uma moleza... dá vontade só de dançar. Ou tomar sorvete: cinco, dez sorvetes. Ou se torrar na praia, ou nadar quinhentos metros sem parar, ou...

Kátia, até sei o que você está pensando: "A Débora piorou... foi pra Salvador, virou a cabeça...". Calma, amiga, não sou assim tão in-con-se-quen-te (olha que linda palavra pra usar em prova de redação). É o seguinte:

Estou longe de Sampa e vejo que é possível levar outro tipo de vida, mais tranquila. Coisa de baiano, mesmo. Não que baiano seja preguiçoso e não trabalhe, mas é um jeito diferente de trabalhar. Não é aquele negócio: "Fale depressa, daqui a dois minutos tenho de chegar a outra rua, outro bairro, e você tá me atrapalhando". Entende? É uma moleza de sol, de praia. De ver as pessoas andando de short *e devagar.*

Mas não pense que é só bonito, legal. Agora é de noite, são onze da noite. Meu pai ainda não voltou da escola, dá aulas numa faculdade, não sei se te falei, agora ele também leciona História à noite. Então fico com a Tatá, minha irmãzinha. E com a Sílvia. Não topo essa mulher. E nem precisa vir com manual de psicologia, dona Kátia. Eu sei tudo sobre isso: a Sílvia é a OUTRA que roubou o Vlado. E isso é doído, porque sei que o Vlado já tinha se separado de mamãe quando encontrou a Sílvia. Que ela não tem nada com isso, mas fica um clima pesado. A gente tenta ser simpática, mas é só papo educado, sem sal.

Ufa! Mas eu acho que estou mesmo é preparando terreno, amiga. Para contar uma coisa estranha, diferente. Mexeu comigo, me virou a cabeça e nem deu pra esperar dez dias até voltar a Sampa. Precisava contar pra uma amiga. Kationa. Pra você.

O negócio é o seguinte: no segundo dia depois que eu cheguei, o Vlado "matou" o serviço e a gente ficou passeando todo o tempo. À noitinha, ele perguntou se eu não queria ir à faculdade, onde leciona. Eu topei. E nós fomos.

Lá, eu quis assistir a uma aula dele. Era uma aula dupla, uma hora e quarenta minutos. Entrei com o Vlado, sentei num canto láááá no fundo, morrendo de vergonha, e todo mundo me olhava com aquela cara: "Quem é essa aí?" E tinha gente até maliciando, Kátia! Sabe a risadinha marota, e se percebe direitinho que estão pensando coisa do tipo "a gatinha deve ter coisa com o professor". Aí, sim, fiquei mais encolhida no meu canto e quase nem ouvia a aula de meu pai. Até que senti apertarem meu ombro, me virei e ouvi um rapaz falando: "Não adianta disfarçar... você é a cara do Vladimir".

Eu sorri. O toque no meu ombro ficou mais forte e isso me deu uma sensação de segurança. Mal tinha olhado pro rapaz (era o Zé Paulo) e podia sentir os olhos dele grudados em mim. Meu pai falava sobre o período de colonização, foi falando lá dos portugueses. Aí acabou a primeira parte da aula e a segunda parte seria um seminário. O Zé Paulo e mais uns caras se levantaram, meu pai se sentou na carteira ao meu lado, quis saber o que eu tinha achado, eu falei que gostei e tal. Ia começar o seminário.

Foi um negócio tão louco, Kátia. Eles falaram sobre influência africana na música brasileira, e eu achei um barato. É que não foi nada daquela coisa parada que o Newton às vezes obriga a gente a ouvir (tadinho do Newton, adoro ele, mas... você sabe). Os caras trouxeram atabaque, instrumentos musicais estranhos. Explicaram primeiro a semelhança e a diferença dos sons, depois foram dando exemplos... eu não conseguia tirar os olhos do Zé Paulo. Ele parecia um... bicho, um deus, daqueles da África. Arrancou a camiseta e foi dançando. Dançando! Numa sala de aula, no meio de um seminário, ele começou a cantar em nagô (um dialeto africano) e fazia uma dança estranha e foi dando assim um frio em mim (e em todo mundo, parado, boca aberta), porque de repente parecia que não existia a escola nem carteiras, e todo mundo estava vivendo a música, o sentimento daquele canto e daquelas palavras, mesmo sem conhecer seu significado. Eu me arrepiei inteira e, quando o Zé Paulo disse que "ia cantar a canção da morte e da dor" e as batidas do atabaque ficaram tristes, senti aquela tristeza arrepiando minha espinha e comecei a chorar. Tapava os olhos e assim mesmo não segurei uma lágrima teimosa.

Gozado, Kátia, isso aconteceu com todo mundo. Ele seduziu todo mundo. Meu pai estava maravilhado (você sabe como o Vlado é com música). A aula acabou, eram quase dez da noite, meu pai precisava dar aula pra outra turma e todos nós estávamos enfeitiçados com o Zé Paulo e o pessoal dele. Sei que papai saiu da classe, eu não sabia se ia atrás dele ou o quê, mas o Zé Paulo me pegou pela mão e me levou até a cantina da faculdade.

Eu fui. Só ouvia ele, só enxergava ele, bem mais alto que eu, os dentes branquíssimos, o nariz parece de felino, formando um triângulo igual ao nariz dos gatos. Ele contava da pesquisa de música, falava que adorava música, e o tempo todo era desses homens "pegões": tomava um gole de guaraná, segurava no meu braço, aproximava o rosto, se afastava pra dar uma gargalhada, me olhava "queeeente" e depois, sem mais, lançava uma pergunta séria, tipo "que faculdade eu queria fazer" e, quando eu ia responder, a sério, ele ria e falava que meus olhos eram lindos e eu ficava vermelha até dentro do umbigo, se isso é possível.

Ah, Kátia. Mas isso é tão louco, porque, quando Vlado saiu da aula e nos viu, ele foi seco com o Zé Paulo, quase me puxou pro carro, só falou que "estava com sono" e não tocou no assunto, nem sobre o seminário. Nem falou mais sobre o Zé Paulo, e eu não sei.

Estou superconfusa, Kátia. Ontem encontrei o Zé Paulo na praia, aqui perto de onde o Vlado mora. Sabe como foi? Eu vi aquele cara se aproximando, achei que era minha imaginação. Ele chegou perto. Ficou me olhando, sorriu.

Ele:

– Eu sabia que isso ia acontecer.

Eu:

– Acontecer o quê?

Ele:

– Eu te encontrar aqui. Exatamente aqui.

Eu:

– Isso é bobagem. Você deve ter o endereço do Vlado.

Ele:

– Não. Eu não sei onde mora o professor. Eu só imaginei, senti. E tinha uma voz dentro de mim. Uma voz me falando que, se eu viesse aqui, a essa hora, ia te ver de novo.

Não é louco, Kátia? Você pode me falar que é mentira. Mas chequei com papai. Ele não dá endereço pra aluno, nem a escola faz isso. Eu sei que ontem, na praia, foi incrível. Ele é ótimo nadador, continuou me atraindo, e isso também é tão estranho, amiga. Porque de repente eu reparava nas pessoas olhando pra gente, olhando de cara feia para nós dois: uma garotinha branca e um rapaz negro.

Ele é negro. Cabelo curto, rosto de estátua negra, lábios marrom-vermelhos. Isso é doidice, eu não deveria me sentir atraída por um rapaz negro. Mas por que não? Pelo que o "Vlado vai dizer"? Minha mãe vai dizer? A Míriam é legal, mas... Tem sempre esse mas que é barra. Nós só conversamos, Kátia. A manhã toda, na praia, mas eu sei que ele também se sente atraído por mim. Aí também imagino o Vlado falando: "Você tem só dezesseis anos". O Zé Paulo tem vinte e um. E parece tão mais velho... e tão mais moleque, um menino. Não é de se apaixonar por um cara fazendo acrobacia na areia só pra dizer que "perdeu a cabeça" por você, hem? Diz, Kátia, dá pra resistir?

A gente aprende na escola que o Brasil é "uma democracia racial". O diabo, Kátia! A gente tem pais legais, que se dizem "pra frente": são divorciados, mas são amigos. Discutem mil temas com os filhos, tudo numa boa. Eu até venho pra Salvador e fico na mesma casa, com a segunda esposa do Vlado, e "tudo bem". Mas agora me angustio, Kátia. Morro de medo. De me decepcionar com eles. De ver que os dois podem ser santos de "pés de barro". Que na hora da teoria, todo mundo é legal. E na prática? O que será que a Míriam vai dizer, se eu levar um namorado negro pra São Paulo e falar: "Mamãe Míriam, esse é o Zé Paulo, o cara por quem me apaixonei. A gente se ama e quer ficar junto". Será que ela vai dar um abraço nele? Ou vai fazer aquela cara: "Epa! Assim também não...".

Eu não sei, Kátia. Estou tão confusa... Talvez pense numa reação terrível demais dos meus pais, talvez eu seja apenas uma garota adolescente e que vive assim na superfantasia. Você vive dizendo que sou realista, cheia de regras pra viver bem e coisa e tal. Quem diria, hem, que a sua amiga Débora ia estar tão confusa com um rapaz que mal conhece.

E mal conhece mesmo, Kátia. A gente nem se beijou. Nós só sentimos que há um clima muito especial entre nós. Mas a cabeça, amigona... Minha cabeça roda a mil... (Você sabe que eu até pensei em me mudar pra Salvador? De vez? Só por causa do Zé Paulo?) E, de novo, a sensação de "traidora". Coitada de mamãe.

Ou as outras dúvidas: isso não passa de aventura em Salvador. Ele pode ser apenas um cara simpático, brincando com a filha do professor.

Ou também já pensei se não vale a pena tentar. Ainda tenho mais alguns dias em Salvador. Ver se a gente se curte mesmo, aí voltar pra São Paulo. E, se esse feitiço resistir, retornar nas férias. Ou pedir pra ele ir até o nosso prédio conhecer a turma. Se o sentimento resistir, ver no que vai dar.

Está vendo como anda a cabeça da sua amiga, Kátia? Dava pra esperar a volta?

Não dava. Sinto que tem muita coisa de magia, de feitiço, nessa relação que nem começou ainda. É coisa de bruxo? Vale a pena a gente encarar preconceitos, enfrentar as críticas, por causa de uma magia que nem o coração nem a razão podem explicar?

Sabe do que me lembrei agora, assim, pra terminar essa carta longa e estranha? Daquela noite no nosso apartamento, quando papai estava tocando e me veio à cabeça a música do violão e a voz dele:

[...] O amor é como um raio, galopando em desafio, abre fendas, cobre vales, revolta as águas dos rios. Quem tentar seguir seu rastro se perderá no caminho [...]. O amor é um grande laço, um passo pruma armadilha, um lobo correndo em círculo pra alimentar a matilha. Comparo sua chegada com a fuga de uma ilha, tanto engorda quanto mata feito desgosto de filha [...]."

Feito desgosto de filha, Kátia. Sabe o que significa ouvir isso na voz de seu pai, ao violão? Com tanta sensibilidade... será mesmo? De verdade?

Um abraço da Débora.

•

Kátia leu e releu a carta de Débora. Não falou pra ninguém sobre aquilo. Pensou muito em como responder. Será que Míriam seria racista? O Vlado? A Débora estava fantasiando muito?

A amiga ficaria ainda nove dias em Salvador. Kátia imaginou como seria Zé Paulo, seu jeito sensual, sua inteligência. Imaginou a "certinha" Débora, tantas vezes mais racional do que emotiva. E resolveu.

No dia seguinte, enviou um telegrama urgente, só com essas palavras:

"Vá em frente."

Para bom entendedor...

Botar ordem na vida

Arrumar gavetas. Uma droga, um horror...

"Uma necessidade", como a mãe falava, daquele jeito que quase virava bronca, afirmando que, qualquer dia desses, Kátia e a irmã, Karen, iriam achar teia de aranha no guarda-roupa.

A música *Bad* tocava no rádio. Kátia ia dançando junto com Michael Jackson, pensando... em arrumar apenas a metade do guarda-roupa. Que a Karen também recebesse a sua parte da bronca. Só porque já estava na universidade, a irmã pensava em escapar da arrumação? *Hum*! De jeito nenhum.

E Kátia ia achando os pequenos tesouros que se podem encontrar numa arrumação: o danado do lenço importado, presente de uma tia turista que fazia um ano havia sumido. Ou o anelzinho de marcassita, que achara "um doce" dois anos antes e que desaparecera misteriosamente... Estava achatado debaixo de um tênis tão esquecido que esse, sim, devia ter teia de aranha por dentro.

Pilhas de coisas pra serem lavadas. Pilhas de coisas pra serem jogadas fora. Pilhas de coisas pra serem devolvidas ao guarda-roupa, talvez do mesmo jeito como estavam sendo tiradas. "*I'm bad*...", ela cantarolou a letra. "Muito má...", e deu um pontapé numa almofada, fazendo a coitada bater no lustre e desmanchar a pilha dos quase-jogar-fora.

Sua gaveta dos badulaques. Bijuterias, canetas, diário começado e depois abandonado, fotos de artistas, artigos arrancados de jornais, flores secas, laçarotes de presentes, papel de carta... a sua gaveta, aberta. E também a gaveta de Karen, com badulaques tão parecidos com os dela mesma.

Tão parecidos... Kátia, num impulso *I'm bad*, começou a fuçar nos guardados da irmã. Sorriu. Fotos de Karen com Norberto, o namorado dela há tanto tempo... Os dois sorriam na fotografia, de mãos dadas. Estavam num parque. Vai ver pediram pra alguém bater as fotos. Eles sorriam... Norberto magro, nada de superespecial e, mesmo assim, Karen gostava dele.

Kátia achou também o estojo de maquiagem, presente lindão da mesma tia turista, que era pra ser "dividido" entre as duas, e que também havia "sumido". Ah, mas por essa Karen ia ver! Jogou decidida o estojo na sua gaveta. Levantava papéis, avaliava joias, revirava caixinhas... caixinhas. Uma caixa azul e branca. Remédio?

Kátia abriu a caixa: envelope de pílulas, algumas usadas. Olhou na bula, xeretice, o que era aquilo... pílulas anticoncepcionais.

— Mas, se a Karen toma pílulas, ela... — falou, em voz alta. E sentiu, de um jeito que não pôde controlar, o rosto ficar vermelho. E por quê? Bem, Kátia tinha seus namorados, mas coisa de paquera; ainda nenhuma paixão de verdade, e nunca havia pensado que a irmã e Norberto fossem... tão íntimos. Karen estava com mais de vinte anos, mas era uma garota! Era irmã. E Kátia não imaginava que sua irmã já fosse mulher.

Kátia não teve mais vontade de arrumar coisa alguma. Ainda assim colocou as pílulas de volta na gaveta, arrumou as coisas no lugar. Botou tudo de novo no seu lugar do guarda-roupa, suspirou. Pílulas anticoncepcionais. Norberto e Karen, há quanto tempo eles transavam? Imaginou a irmã num motel, ou onde eles iam?

— É bobagem minha? — Outra vez, Kátia falou em voz alta consigo mesma. Esse papo de casar virgem seria bobagem mesmo? Kátia se achava muito sabida, gostava e sabia provocar os rapazes. Mas com nenhum ainda havia pensado em ir além dos agrados e beijos. Dividia os namorados entre os que sabiam e os que não sabiam "beijar bem". Sentia arrepio na espinha quando via beijos gostosos entre artistas na tevê.

Kátia fechou o quarto, andou pela casa vazia. A mãe tinha arrumado um serviço, um "bico", e três dias da semana prestava serviço numa editora. Então, a casa era só sua. Foi até a geladeira, pegou um pedaço generoso de queijo e um copo de leite. Se alguém a visse, ia apenas encarar uma garota loira e saudável. Mas seu coração estava a mil. Sua cabeça com as ideias...

Se Débora já tivesse voltado, seria alguém pra conversar. Ela havia ido a Salvador passar uns dias com o pai. Logo estaria de volta. Débora, a certinha. Não tinha mandado uma carta cheia de medos, porque havia se apaixonado por um baiano incrível? Será que teria coragem de transar com aquele rapaz?

"Por que não?" Foi a ideia que passou por sua cabeça. Mas, entre a ideia e as dúvidas, sentiu que de novo o rosto ficava vermelho, o suor se estendia da testa para a nuca e — ufa! — não dava pra ficar parada.

Lavou o copo, andou pelo apartamento, fez uns gestos de ginástica na sala, ligou e desligou a tevê, ainda lembrou que tinha de fazer lição — seria impossível estudar; foi até a janela. Lá embaixo, no pátio, viu Newton chegando, com uma enorme mala — deviam ser mais ossinhos fósseis para sua coleção. Newton, o "cientista maluco". E Carolina. Eles estavam juntos, namorando, havia um bom tempo. Será que eles transavam? Kátia ficou pensando nos outros amigos da turma.

Pílulas, pílulas, pílulas... suspirou. "Bobagem, Kátia. Vai ver é isso mesmo: se os dois se gostam, eles transam. Você fica aí, pensando cobras e lagartos, e isso porque é boba." Mas a descoberta das pílulas era uma coisa incômoda. Como se agora

– já que sabia – precisasse fazer algo. O quê? Conversar com os amigos? Perguntar para eles?...

"Deixa de ser indiscreta!", Kátia falou para si mesma. E como ia perguntar? Chegar assim, na maior, e dizer: "Newton, você e a Carol estão transando? Ah, é? E como vocês fazem? Usam pílulas?" Que horror! Nem ela, que normalmente era cara de pau, conseguiria fazer isso.

Contar pra mãe. Contar pra mãe, como? Chegar e dizer: "Sabe, hoje fucei na gaveta da Karen e descobri isso aqui, mamãe!" Jamais. E, depois, com que direito ia se meter na vida da irmã? Se pelo menos Débora já tivesse voltado de viagem. Com ela, Kátia tinha mais jeito pra conversar. Ainda faltavam uns dias; não ia conseguir ficar quieta por mais de algumas horas.

A irmã, a Karen. O mais certo era dizer pra irmã que havia descoberto "o segredo". E, bem, como era um segredo, quem sabe ficava mais leve pra Karen aguentar a barra?

Final de tarde, jantar, novela de tevê, tudo isso foi ficando muito chato, conforme o tempo passava. Veio a mãe, apressada. "Nossa, nem descongelei o frango", e voou para a cozinha. Veio o pai, Valdir, deu um beijo na testa de Kátia.

– Minha gatinha... foi bom o dia hoje? E Kátia mentiu que "sim, tudo bem". A irmã é que não chegava. Depois da aula ia se encontrar com Norberto. "Será que eles foram a um motel?" E, de novo, o rosto vermelho, pra deixá-la zangada consigo mesma.

Eram dez da noite quando a irmã chegou, sozinha. Fez um "oi" pra todos, foi tomar banho e dispensou a janta. Kátia ficou em volta dela, aparvalhada e tentando descobrir a hora certa de atacar: quando a irmã fosse ver tevê? Na hora de dormir? Na manhã seguinte?

Karen tinha um livro pra ler; esticou-se na cama, rádio ligado. Os pais viam tevê na sala. Kátia tentava ler uma *Capricho*, mas na matéria sobre moda só conseguia reparar nos manequins se abraçando. Um gatão e uma garota bonita. "Será que eles..." Afastou a ideia com raiva. Transar, transar. Agora era ideia fixa?

Quando Karen se preparava para desligar o abajur, Kátia soube que era o momento. Ou agora ou nunca.

— Karen...

— O que foi? Quer que eu deixe ligado? Você ainda vai ler?

Não era nada sobre a luz. Ao lado da cama, Kátia tinha seu próprio abajur, e era o "agora ou nunca" que tornava as coisas difíceis. Começou a falar dando a volta pelo caminho mais longo que podia.

— Hoje eu arrumei as gavetas.

— É? Garanto que só a sua parte, né?

Kátia sorriu e coçou o nariz. Metida no pijama cor-de-rosa, parecia mais criança. Karen esperava.

— É, achei um anel, aquele de marcassita... Sabe onde estava? Debaixo de um tênis.

Silêncio.

— Karen, eu... acabei mexendo na sua gaveta. Foi sem querer, achei o...

Silêncio.

— ...Eu achei também... você sabe, sem querer, mas...

Karen sorriu. Sorriu e resolveu simplificar as coisas pra sua irmã de dezesseis anos.

— Você achou a caixa de pílulas, não foi?

Kátia fez "sim" com a cabeça. E esperou. Pelo quê? Pela confissão assustada da irmã, pelo segredo "não conte pra ninguém, por favor", pelo drama e lágrimas?

— Katinha, isso é normal. Tenho mais de vinte anos, sei tomar conta de mim. Não é segredo.

— Nenhum segredo?

Karen se levantou da cama, foi até a irmã, segurou sua mão.

— Não é assim, pra se falar pro mundo. Eu quero privacidade. Mas é uma escolha minha e do Norberto. Mamãe sabe.

— Mamãe... *sabe*?

— Katiucha, Katiucha... ela achou a caixa *antes* de você. E nós conversamos, gosto do Norberto, sou adulta...

— E por que vocês não falaram pra mim? — Agora, o

sentimento de cúmplice começava a virar raiva. Ser tratada como criança, droga!

— É uma questão de intimidade e... sei lá. Vai ver eu te achava muito criança, Kátia.

— E mamãe? Por que mamãe não...?

Karen apertou a mão da irmã com mais força. Kátia ergueu os olhos, encarou o rosto parecido com o seu, o mesmo tipo de loiro no cabelo, um tanto mais curto.

— Talvez mamãe também pensasse em você como garotinha. E, depois, você nem tem namorado fixo.

— Mas um dia vou ter!

— Claro que vai, Kátia!

Kátia estava irritada, falava alto, zangada:

— Mas vou ter, um dia vou ter. E aí, como fica? Vocês não me contam nada. Eu vou fazer o quê? Ir escondida num médico, ficar feito boba perguntando as coisas pelas esquinas, "olha, como é que é, patati, patatá", porque nesta casa não me contam nada, e eu não sou criança, sou é muito adulta e...

Ela estava tão irritada, com o rosto zangado e o "beiço" de criança, que Karen deu uma gargalhada. Contagiante. Kátia também riu e foi devagar assumindo que talvez ainda fosse meio criança, brincalhona, e que nem quisesse encarar um compromisso mais sério, experiências mais adultas.

— Isso, Kátia. Legal você ter conversado comigo... Vamos dormir?

Karen apagou a luz; as duas ficaram em silêncio. Até que Kátia acendeu a luz do abajur, e, agora bem zangada, começou a discutir com a irmã:

— Espere aí, Karen! Eu achei o estojo de maquiagem na *sua* gaveta. E ele foi o presente da tia, mas pra *nós duas*! Por que ele estava na *sua* gaveta e não na *minha*? Que é que você está pensando? Por que você... ?

Karen tapou a cabeça com o travesseiro. Quando a irmã queria ganhar uma briga, não havia jeito de fazer com que ela fechasse a matraca...

Metaleiro perigoso

Paulo, irmão da Carol, tem um cabo de vassoura na mão. Um rapaz cabeludo e de roupa preta chacoalha uma corrente, pronto pra jogar o ferro na cabeça do outro. Carlos, Bete e Newton gritam por socorro. Kátia e Carol foram chamar seu Heitor, pai de Paulo e de Carolina.

Bete, chorando e com horror do que pode acontecer, grita:

– Oh, como as coisas chegaram a esse ponto?!

•

Como as coisas chegaram a esse ponto?

Tudo começou no mês passado. Caminhão de mudança na porta do edifício, domingo pela manhã. Finalmente o apartamento 175 fora alugado. Sentada no jardim, a turma ficou vendo passar os carregadores, com muitas coisas bonitas.

– Puxa... esse pessoal é rico – falou Newton, brincando. – Nosso prédio tá dando ibope.

– Também, se comparar com a sua casa não vale, Newton. Lá só tem troço esquisito. Não sei como sua mãe deixa você colecionar osso de bicho, bah! – falou Kátia, implicando com a coleção de fósseis do amigo.

Os carregadores subiram com um piano, quadros, três conjuntos de sofá, várias tevês... Atrás deles, orientando e criticando, um casal de meia-idade. A mulher tinha cabelo avermelhado e devia ter sido uma jovem muito bonita.

– Será que eles têm filhos? – xeretou Regina, torcendo para que aparecessem mais rapazes no prédio.

– Por que você não vai lá e pergunta, dona fofoqueira? – disse Carlos, irritado com o atrevimento da irmã.

Mas, como se respondesse à pergunta, apareceu um moço no portão; foi entrando. Passou pela turma sem olhar. Imobilidade geral. Um olhou pro outro, espantados. O cabelo do cara era preto e comprido, mais comprido até do que o da Kátia. Usava um jeans rasgado no joelho e camisa preta. Óculos escuros, tênis furado no dedão.

– Mas o que é aquilo? – Carlos riu. – Gente... vocês viram o que eu vi...?

– Vai ver é moda – disse Newton, dando de ombros.

– Pra mim é pouca-vergonha mesmo... – Paulo chegava; tinha esbarrado com a "figura" no elevador. Estava com olheiras por ter acordado tarde. Sextas e sábados eram dias de farra. – São esses carinhas metaleiros, *punks*, não sei direito... tudo barra-pesada, fiquem sabendo.

– Como assim, barra-pesada? – perguntou Bete.

– É, esses caras curtem violência, som pauleira, drogas... se preparem que aí vem coisa.

– E você ainda elogiando a... *finesse*... – ironizou Kátia pra Newton. – Uma família de claaasse...

Keller era o sobrenome da família, e, indo contra o palpite de Paulo, ninguém teve do que reclamar deles, nos primeiros dias. A sra. Keller tinha sotaque forte e logo fez amizade com a síndica, dona Noêmia. O sr. Keller fumava cachimbo e parecia educado. E, se não bastasse a curiosidade geral, Pedro, o rapaz metaleiro, também não se metia com ninguém. Mesmo assim, a turma desconfiava dele. Logo apareceu um apelido – Pedro virou Podre. Segundo Rosane, o pijama dele devia ser uma lata de lixo.

Parece que não estudava. Pelo menos não tinha horários fixos – isso, de dia. Só saía à noite; voltava de madrugada. Como a turma soube disso? Ah, Regina tinha um eficiente serviço de informações secretas: as faxineiras e os porteiros. Não era à toa que vivia oferecendo bolo e sanduíche pra eles.

– Gente, e tem mais... – Regina fofocava para as amigas –, o porteiro contou que ontem o Podre chegou pelas quatro horas da manhã... e ele estava com uma capa preta, gente... parecia um vampiro!

Não só as garotas fofocavam, curiosas, a respeito do Podre. Paulo, se pudesse, vigiaria o rapaz vinte e quatro horas por dia. Não poucas vezes aparecia "casualmente" na portaria, na hora em que o metaleiro costumava sair, por volta das onze da noite. Encarava o outro como se tivesse nojo da sua roupa. E jurava que ainda descobriria a terrível – só podia ser terrível – história do Podre.

A única pessoa que não parecia atacada da febre "vigie o Podre" era Bete. A tímida Bete até acreditava haver alguma coisa "romântica" na figura do rapaz. Achava que a turma exagerava com tanta perseguição e começava a ficar chata. E, por achar a turma chata ou não, ela mudou de hábitos. Agora, dava pra ficar acordada até tarde da noite. Nas sextas-feiras, então (não tinha aulas no sábado de manhã), recusava-se a sair com as amigas e preferia ficar trancada no quarto. Desde a separação de seus pais, ela estava mais fechada – apesar de que andava numa boa com a mãe, dona Marta. Só que agora era mesmo esquisito.

E, pra aumentar o mistério, o porteiro da manhã começou a achar um lixo estranho na garagem. Pedaços de comida: carne, restos de pão...

– É bruxaria... – falou Rosane, aos quatro cantos. E nem precisava dar o nome do "bruxo". Todos desconfiavam.

Mas a novidade mesmo pintou numa sexta-feira. Paulo estava na portaria, já perto das onze da noite, esperando os amigos de farra. E levou o maior susto quando viu Bete, vestida de calça e blusa negra, saindo de mãos dadas com... o Podre.

— Onde é que vocês vão???

— Fazer um programa — disse Bete, e sorriu.

— O-o quêêêê? — Mas os dois foram embora logo, e Paulo nem pôde perguntar como a mãe de Bete tinha deixado uma coisa daquelas.

No dia seguinte as coisas explodiram. Dessa vez, porque os restos de comida não estavam na garagem, mas *dentro* do carro de seu Heitor. Eram tripas e restos de animal. Seu Heitor, furioso pela descoberta, acordou Paulo na "porrada"; queria saber o que o filho tinha aprontado com seu carro. E Paulo, mal-humorado, como sempre, quando é acordado, resolveu mais na "porrada" ainda procurar o "culpado".

Pedro não estava no 175. Não estava no pátio do prédio. Segundo o porteiro, tinha saído. Paulo resolveu esperar. Carlos e Newton conversavam num banco do jardim, mas a raiva era tanta que o irmão da Carol nem foi até eles. Encostou no muro, acendeu um cigarro e pensava... aquele sujo, metaleiro sem-vergonha... e a coitada da Bete, se metendo com um canalha daquele tipo. "Fazer um programa", ele se lembrou do que Bete havia dito na noite anterior. Programa com um nojento daqueles? E o que ele tinha de fazer dentro do seu carro? Imaginou que o Pedro tivesse chegado, bem de manhã... com Bete. Seduzido Bete, invadido o carro dele, sei lá se eles... Paulo coçou a cabeça, afastando a ideia maldosa. Não, que isso? A Bete é menina séria, não ia topar uma coisa dessas. E se o metaleiro a tivesse drogado? E se violentou a garota, se aproveitando disso? Estuprador de mulheres, aquele sujo, aquele...

Quando Pedro chegou, os pensamentos de Paulo já tinham transformado o metaleiro num monstro digno da pena de morte mais violenta.

— Seu nojento! — Paulo ficou bem na frente do Pedro.

— O que você disse?

— Nojento! Viciado! Vagabundo! — Paulo gritou. — O que você andou fazendo com a Bete, hem? Que é que você tinha de morar aqui, hem, fulaninho?

Gente em volta. O metaleiro até que mostrou sangue-frio — e olha que o Paulo era mais forte que ele. Muito calmo, respondeu:

— Você não tem nada a ver com a minha vida. E, por favor, sai da frente — foi andando.

Mas Paulo parecia alucinado. Agarrou no braço dele.

— E o meu carro? Que sacanagem entrar lá dentro! Que feitiçaria você andou aprontando, hem?

Pedro puxou o braço com força e foi seguindo. Mas o outro não ia desistir. Correu pra frente dele, barrou o caminho e deu um empurrão no cabeludo.

— Responda! E o meu carro? — Paulo empurrava o metaleiro.

— Você está doido, cara! Vá pro inferno!

Mas Paulo estava decidido a comprar encrenca e empurrou de vez o rapaz, que caiu. Caiu e ficou sentado, encarando o outro. De repente, num pulo, voou pro pescoço dele e deu um murro no irmão da Carol.

— Ah, é? Ah, é? — falou Paulo, e correu pra apanhar uma vassoura na portaria. Vendo que a briga era pra valer, o metaleiro também procurou uma "arma". A corrente que costumava prender a moto do porteiro da noite estava ali perto.

Os dois lutadores se encaravam. Pedro parecia ser bom de briga e girava a corrente com familiaridade, como se fosse um *nunchaku*, arma de luta oriental. Foi nessa hora que Carlos, Bete e Newton começaram a pedir socorro. Foi nessa hora que Kátia acompanhou Carol até o apartamento para chamar seu Heitor. E foi nesse instante, entre correntes batendo nos pés de Paulo e tentativa de acertar a cabeça do outro, que a briga ficou mais perigosa.

— Oh, mas como as coisas chegaram a esse ponto? — gritou Bete, chocada.

Pedro conseguiu enrolar as correntes nas pernas de Paulo, que caiu. Mas não desistiu: do chão, o irmão de Carol atirou o cabo da vassoura em direção ao rosto do metaleiro e acertou a pancada em sua boca. Começou a sair sangue, mas o rapaz não ligou pra isso — se jogou sobre o outro, no chão.

O zelador — homem parrudo de mais de cem quilos — apareceu para separar os dois. Com a ajuda do Newton e do Carlos, conseguiram segurar as feras.

— Pedro, sua boca... você está machucado... — Bete tentava limpar o rosto do rapaz usando seu lenço. Mais gente foi chegando.

— O que aconteceu? — gritou seu Heitor, que chegava, de chinelos nos pés e arma em punho.

— Esse débil, foi ele... e safado... no carro da gente, pai! Eu sei que foi ele!

— Que carro? Esse cara é louco! Me solta, eu não sei de nada disso. O que vocês querem?

Dona Marta apareceu.

— A senhora é doida, dona Marta, de deixar sua filha fazer um programa com um marginal desses! — gritou Paulo, logo que viu a mulher.

— Programa?! — falou Bete, furiosa. — Você é uma besta, Paulo! Um metido, violento e burro! É um programa de rádio!

— De rádio...? — Paulo foi amolecendo os braços. Vendo que não havia perigo, Carlos e Newton o soltaram. — Mas do que você está falando, Bete?

— É o SOMBRAS SONORAS, um programa de *rock* que o Pedro comanda, nas madrugadas. Eu sei faz tempo; escuto sempre o programa e até ligo pra lá... — disse Bete.

— Por isso ele sai de madrugada! — exclamou Carlos, batendo a mão na testa. — E a gente...

Pedro se soltou dos braços do zelador e correu para o

elevador. Bete tentou segui-lo, mas sua mãe agarrou seu braço. Ela então se voltou para o Paulo:

– O que você fez! Ele é supertímido. Eu era amiga dele. Você estragou tudo, você...

– E os restos de comida?... Feitiçaria... eu não entendo mais coisa alguma! – O apatetado Paulo passava os dedos pelo cabelo; no rosto, a expressão confusa.

Horas depois o culpado pela "invasão" do automóvel de seu Heitor estava morto. O zelador apontava para uma ratazana enorme, que não resistira a suas vassouradas.

– E as desculpas, Paulo? – perguntou Carlos, divertindo-se com a cara de bobo do irmão da Carol. – Que papelão...

– Pô, mas não era só eu! Vai devagar, meu irmão!

– É mesmo – disse Newton. – Todos nós fizemos um papelão. Menos a Bete, que não contou nada pra gente...

– Não contou nada e, o que é pior, ela andava de paquera com ele – falou Kátia, que sabia mais da vida íntima da sua amiga. – Coitadinha da Bete... Vocês estragaram tudo, seus machões metidos.

Naquela noite, às onze, não só Paulo estava na portaria. Todos haviam tomado a decisão da desculpa coletiva e haviam descido: Newton, Carlos, Débora, Regina, Rosane, Carolina. Bete estava mais nervosa do que todos. Viram a figura sombria do metaleiro chegando: capa preta, tênis furado, *jeans* rasgado, chapéu de feltro. Ele ficou espantado de ver tanta gente. Antes que pudesse escapar, fizeram uma "rodinha" em volta do rapaz. Carlos se adiantou:

– Escute, Pedro, eu vou falar em nome de todos... Foi mal, cara. Desde que você se mudou pra cá, a gente só julgou pela aparência, e isso não se faz... Estamos envergonhados e arrependidos.

– Eu gosto de você, Pedro. Quero ser sua amiga – disse Bete, colocando-se à frente do metaleiro. – Gostei tanto do seu programa... Será que eu posso ir lá de novo?

Pedro continuava calado. Mordia os lábios, abaixava os olhos. Um curativo no canto da boca.

— Desculpa a gente... dê uma segunda chance. Vamos lá... — Paulo estendeu a mão, sorridente. Um longo silêncio, a mão estendida e os olhos baixados do metaleiro.

Finalmente, Pedro apertou a mão do "inimigo" de horas antes. Um aperto forte.

Risadas. O clima se desanuviou entre a turma.

— Agora eu preciso ir... — Ele disfarçou, mas piscava muito os olhos, estava comovido. — Se você vier comigo, Bete... será um prazer. E vocês também, qualquer hora dessas.

O pessoal falou que ia ser bárbaro. Regina começou a dar pulinhos, dizendo que queria ir naquela hora mesmo. Precisou levar um cutucão da Kátia, apontando o rosto feliz da Bete — a xereta não ia "segurar vela", ia?

A turma se colocou na calçada, foi vendo os dois descerem a rua, de mãos dadas. A capa preta do metaleiro rodopiava no vento. O que parecia ótimo pra Kátia soltar uma piada:

— Gente, que ninguém tenha a coragem de dizer "que belo casal"... senão, daqui a pouco, minha amiga vai ter de virar coruja, e eu não gosto nem um pouco dessa ideia!

Pesadelos

Madrugada fria. A rua na frente do prédio estava absolutamente quieta. Ninguém na portaria, nenhuma luz acesa nas casas; apenas a luz fraca do poste iluminava um pouco o cenário. Em meio à neblina, um vulto veio se aproximando. Bete saiu de trás de um poste e correu para o vulto, que usava capa escura: era o Pedro. Ela começou a gritar o seu nome, mas parecia que o rapaz ia sumindo, ia ficando cada vez mais longe. Até que Bete parou, e viu que alguém estava ao lado do seu namorado. Era Kátia, que se abraçava a Pedro, e os dois se beijaram. Bete começou a gritar, a chamar. Kátia parava de beijar o rapaz, olhava para ela e ria... Logo Kátia e Pedro apontavam para Bete e riam dela, riam...

•

Foi com o eco das gargalhadas que Bete acordou. Olhou o relógio, ainda eram cinco horas; o despertador nem havia tocado... um pesadelo, um horrível pesadelo! Bete foi beber água na cozinha, lavou o rosto lá mesmo, na pia. Pesadelo besta... A Kátia? Justo com o Pedro? Precisava dormir, tinha tanto que fazer de manhã...

•

– Elisabete, eu pedi para você me trazer seu caderno – falou a professora Zulmira, de Geografia.

– Bete, ela tá te chamando. – Uma colega deu um cutucão no braço da garota, completamente distraída.

Kátia e Pedro... os dois se beijando... Entregou o caderno à professora, mas não conseguiu apontar direito, em seu mapa, onde se localizavam as jazidas de ferro e carvão na Europa.

Foi ainda distraída que Bete voltou ao prédio. Na portaria, Kátia conversava com sua irmã Karen e o namorado dela, Norberto.

– Bete Blue! E aí, tudo bem? – Kátia deu um beijo no rosto de Bete.

– Tudo... – mentiu a garota. Não estava bem. Olhava para o rosto bonito da amiga, seu jeitão de sorrir, de falar. Tão alta, tão elegante.

– E então, Bete? Você e o Pedro vão sair com a gente no sábado? – quis saber Kátia.

– Por que você pergunta?

– Ah, pra gente combinar... A gente podia reunir o pessoal, dançar...

– Não falei com o Pedro, nem sei se ele quer sair assim, de turma.

– Aaaaah, os namoradinhos querem ficar a sós... – gozou Kátia. Mas a brincadeira pesou como uma bomba estourando no coração de Bete.

– E se for, o que você tem com isso? Não posso ficar sozinha com meu namorado? Ou você é que quer ficar com ele?

– Bete... o que deu em você? – Kátia olhava para a amiga, sem entender como a outra podia ter ficado tão zangada.

Bete disse um tchau apressado e foi andando pelo pátio. Sentia os olhos ardidos. O que estava acontecendo? Kátia era sua melhor amiga; dera a maior força quando seus pais se separaram. Por que esse mau humor? Ou era ciúme?

Bete mal havia chegado ao seu apartamento, quando Pedro tocou a campainha. Deu um beijo longo em Bete, um beijo forte, a língua abrindo caminho entre os dentes.

Um beijo de tirar o fôlego.

– Sua mãe está em casa?

– Você sabe que não. Agora que ela arrumou um emprego...

– Ah, então sobra mais tempo pra gente. – Pedro entrou no

apartamento, sentou-se num sofá e foi puxando o corpo de Bete para junto do seu. Um calor gostoso foi subindo pela barriga da garota, os beijos, um atrás do outro, longos... mas tinha de aparecer, como um *flash* ruim, a lembrança do sonho.

— Calma, Pedro... eu nem almocei ainda, cheguei agora... dá um tempo. — Empurrou o rapaz e foi até a cozinha.

Pedro a seguiu, sentou na mesa e pegou uma maçã da fruteira.

— Tudo bem na escola? Aconteceu alguma coisa?

— Não, Pedro. Não aconteceu nada... mas nem sempre a gente tem de ficar alegre... Você quer que eu fique alegrinha o tempo inteiro.

— Não... não é isso. — Pedro tinha dado uma mordida na maçã, limpou a boca com a manga da camiseta preta. — Você sabe que eu também sou meio fechadão. Mas não sei o que você tem hoje e...

— Eu não tenho nada! — Bete acendeu o fogo, colocou o ensopado para esquentar.

— Tem hora que não entendo você. Quer que eu vá embora?

A última coisa que Bete queria era que Pedro fosse embora, mas não conseguiu responder. Depois de um bom tempo, olhando para as batatas e a carne dentro da panela, conseguiu dizer:

— Não. Eu gosto de você. Eu quero ficar com você.

Pedro se aproximou dela e segurou seu rosto. Olhou dentro dos olhos negros da garota, sua pele lisa, cor de madeira clara. Agradou o nariz da menina, seus lábios...

Um beijo. Um beijo quente, profundo... Pedro foi encostando o corpo todo em Bete, começou a agradar suas costas, a descer as mãos. Bete tentava pensar, tentava dizer alguma coisa...

— Ai, a comida tá queimando!

Foi um péssimo cozido de carne com batatas que Bete almoçou naquele dia.

•

Dona Marta já havia ido dormir, a casa estava em silêncio. O rádio tocava na cabeceira da cama de Bete, que lia um livro. Mas as palavras escorregavam diante de seus olhos; as ideias vinham tão atrapalhadas... Pedro estava sempre querendo beijar, pegar... insistia, queria mais prazer, uma intimidade de que Bete tinha medo. Ah, se pudesse chegar pra mãe, conversar com ela. Quais os carinhos que seriam bons para eles? Qual a intimidade possível? "Pedro, Pedro, Pedro", Bete murmurou isso, apertando o livro com força. E a voz dele, locutor do programa de rádio, parece que surgiu exatinha naquele momento, para seduzir a garota:

– Gente, ainda vai rolar o maior som... E agora, fazendo uma visita ao "Sombras Sonoras", um pessoal muito amigo. Tudo bem, Kátia?

Ká-tia... O nome doeu dentro dos ouvidos de Bete. O que ela estava fazendo na rádio, à meia-noite? Por que não avisou que ia ao programa? Por que Pedro não avisou que Kátia ia lá? E as risadas dela pareciam tão cínicas como no sonho, e Bete gostaria de ter ânimo para se trocar, sair de noite, pegar um táxi e voar pra rádio, dar umas bofetadas naquela traidora...

Bete desligou o rádio, ficou chorando muito tempo... Dormiu, mas não sonhou. Não conseguiu levantar na hora de ir à escola; ainda ficou fugindo das perguntas da mãe durante o café e preferiu fingir que era uma gripe, uma terrível gripe. Não atendeu telefone, não atendeu campainha; só queria sumir em meio aos lençóis da cama.

– Oi, dona Marta... a Bete está em casa? – perguntou Kátia, no começo da noite.

– Ela está gripada. Hoje ficou o dia inteiro na cama. Já estou até preocupada... Você sabe de alguma coisa, se ela brigou com o Pedro?

– Que eu saiba, não. Dá licença?

A inimiga ainda invadia o quarto de Bete. A traiçoeira. E vinha com seus sorrisos, seu cabelo loiro, seu jeito de manequim que não consegue arrumar seus próprios namorados e fica roubando o das outras, pensava Bete, sem responder a nenhuma pergunta da amiga enquanto dona Marta ficou no quarto.

Mal a mãe saiu, Bete sentou-se na cama e perguntou:

— Que é que você tinha de ir ao programa, Kátia? Por que não falou que ia lá, hem?

— Ei, mas o que deu em você? Que programa?

— Vai mentir pra mim, vai? — Bete ficou de pé, andando pelo quarto. — Eu sempre ouço o programa do Pedro, e ele te apresentou. Foi tão tonto que ainda falou "uma grande amiga minha, a Kátia" — imitou, debochada, a voz do Pedro. — E você ficou lá, dando risadinha... Vai ver até combinaram isso, só pra me humilhar... — Começou a chorar. De um jeito desesperado, que Kátia só se lembrava de ter visto no dia que os pais de Bete se separaram de vez.

Dona Marta apareceu na porta, abraçou a filha.

— Mas o que aconteceu, Bete? — Vendo que a filha não respondia, virou-se para Kátia. — O que houve?

— Não sei, dona Marta... a Bete falou um monte de coisas sobre o programa de rádio do Pedro.

— Sabe, sim — disse Bete. Daquele jeito de falar soluçando, sa-sa-be-sim. — Ela foi ontem ao programa do Pedro.

Kátia riu, ou tentou rir, porque o olhar zangado de Bete não incentivava isso.

— Bete... eu fui dormir cedo.

— Então não foi você? — Bete enxugou os olhos no lençol.

— Não sei de quem você está falando, Bete, mas eu fui dormir cedo; tinha aula de Educação Física. Nem *ouvi* o programa de rádio do Pedro, quanto mais *fui* ao programa.

Bete soluçou, cabeça abaixada. Dessa vez, o ciúme se misturou com uma vaga sensação de ridículo.

— Não sei se esse namoro está fazendo bem pra você, Bete — disse sua mãe. — Você anda tão nervosa. Não acha que é melhor...?

Dona Marta não terminou a frase. A custo ela havia aceito o namoro, a custo aceitara o jeito esquisito do Pedro, suas roupas pretas e o seu estranho "trabalho" como locutor de um programa de música *heavy metal* nas madrugadas. E ver sua filha chorando daquele jeito por um "sujinho", como pensava dele, era a pior coisa do mundo. Mas Kátia percebeu o "golpe" que dona Marta ia aplicar, iiiiih, Kátia podia ser novinha, mas conhecia muito da chantagem materna. E dona Marta ainda não perdera a fama de tratar a filha como garotinha. Se Bete deixasse, ainda ia terminar o namoro só pra deixar "mamãe contente".

– Ah, dona Marta, que é isso! Briga entre namorados é supercomum, e depois acho que a Bete está mesmo gripada, né, Bete?

Bete olhou para Kátia, viu a piscada de olho da amiga; disse que sim, que não estava legal.

– Amanhã a gente conversa, Bete. Você vai ver como tudo se acerta... Dona Marta, é melhor a senhora ver um remédio pra Bete. Deixa ela dormir que isso passa...

Kátia saiu do apartamento de Bete pra ir tocar a campainha do 175. Foi o pai do Pedro quem atendeu. Ela pediu para que chamassem o Podre, aliás, Pedro. Agora a turma não chamava mais o rapaz por aquele apelido bobo. Pedro apareceu, já com sua roupa preta de apresentador de programa metaleiro, e os dois foram conversar no pátio.

– Pedro, eu conheço a Bete há um tempão. Ela nunca teve namorado, e eu sei que ela está superinsegura – Kátia já foi falando no elevador, sem preparar terreno.

– Pô, mas eu gosto dela. Não sei por que ela fica assim... – Chegaram ao pátio. Pedro sentou num banco, arrancou um matinho do jardim e ficou mastigando.

– Olha, ela está pensando que você fica dando em cima de mim. Ou o contrário: que eu fico dando em cima de você.

Pedro olhou para Kátia; desviou os olhos. Seu rosto ficou corado. Ele estava incomodado com aquele jeito atirado dela de falar sobre sentimentos com tanta facilidade, tão sem "papas na língua".

– Eu acho que você devia ir agora falar com ela, bater aquele superpapo... Esse tipo de insegurança tá pintando porque vocês não estão conversando direito. Eu conheço a Bete, Pedro. Faz um tempão. Quando ela tem um problema, usa o famoso recurso do "estou doente". E foge do mundo. Se você não cortar essa, ela ainda vai ficar doente mesmo.

Pedro não respondeu. Ficou olhando o muro, o céu.

— Pensa no que eu falei.

Kátia apertou a mão do Pedro, correu até onde o resto da turma estava conversando, ali pelo pátio. O rapaz tirou o matinho da boca, esfarelou em mil pedacinhos. Vai entender as mulheres...

Mas acabou mesmo indo visitar a namorada doente. Dona Marta ficou próxima à porta do quarto, fingindo que estava arrumando a casa. Coisa boba, porque durante o dia Pedro e Bete podiam ficar sozinhos.

— Eu acho que você fica me pressionando muito, Pedro — Bete conseguiu dizer, baixinho, quando viu a mãe se afastar. — Não sei se quero... você sabe.

— Mas por que não me falou antes, Bete? Eu... sei lá, acho que esqueci que você é mais nova; tem esses grilos sobre virgindade... Eu gosto muito de você.

Pedro alisou o cabelo de Bete, o cabelo arrepiado que ela havia cortado só para agradar a seu garoto metaleiro. Os olhos brilhantes dela estavam úmidos; olheiras de quem andava muito triste.

— É difícil aprender a confiar... Eu fico com medo de perder você, Pedro. Acho que você vai procurar outras garotas, se eu não transar com você. Mas morro de medo, não sei...

— Que bobagem, Bete. E sobre a Kátia, o que aconteceu?

— Ah, isso! — Bete fingiu que ia enterrar a cabeça debaixo da coberta. — Eu ouvi ontem o seu programa, e você falava de uma Kátia, uma amiga e tal... Eu tinha certeza de que era a Kátia aqui do prédio.

— Que ciumeira boba, Bete! Era uma entrevista com a Kátia Lopes, a cantora. Você não ouviu até o fim?

Bete se enterrou mais ainda nos lençóis.

— Não... eu desliguei o rádio e comecei a chorar.

Bete estava tão engraçada com aquele jeito de cachorro triste, que Pedro sorriu. Ah, quem entende as mulheres... A melhor amiga vira rival por bobeira. O rapaz sentou mais perto da namorada, pegou sua mão, deu-lhe um beijo nos dedos. Olhava para ela com muita ternura.

— Bete... gosto tanto de você. Eu não preciso de outras mulheres, e menos ainda da sua amiga. E eu prometo: não vou mais pressionar você. Se quiser, a gente pode transar, é muito bom. Se não quiser, tudo bem. A hora que achar que está preparada, que você quiser, a gente transa. O que eu não quero é te magoar. Eu te amo, Bete.

Os dois olharam pra porta ao mesmo tempo. Não viram a "mãe-dragão". E riram. E se abraçaram. E estavam no melhor dos beijos quando os rã-rãns foram ouvidos. Era dona Marta, deixando bem claro que estava na hora de se despedirem.

•

— Lá vai o Podre pro programa dele! — Carlos falou alto, na portaria do prédio, vendo a capa negra e as botas de metaleiro. — Hoje vai ter o especial com o U2?

— É, vai ser legal... — Pedro cumprimentou a turma, deu beijinhos no rosto de Débora e Regina.

A irmã do Carlos, depois que descobrira que o "esquisito" Podre era um metaleiro famoso, nunca mais dissera que o pijama dele era a lata de lixo.

— Kátia — ele chamou.

Kátia se afastou do Newton, com quem conversava, e foi até perto do metaleiro. Pedro deu uma tossidinha, encabulado. Depois, segurou na mão da loirinha do mesmo jeito que ela havia feito, horas antes.

— Valeu, Kátia. Teu conselho... valeu.

Ninguém entendeu por que Kátia soltou uma risada, e deu um abraço apertado no Pedro, que quase caiu pra trás, com o peso da "grandona".

Um amor que volta

A voz baixa, parecia coisa de espião ligando pra CIA.

— Ele chegou.

— Ele quem? — perguntou Kátia, também falando mais baixo ao telefone.

— ELE. — A voz de Débora encerrava a questão.

— Não! ELE?!... Aqui em São Paulo, já?

Silêncio ao telefone. Kátia insistiu:

— E você nem avisou sua mãe?

— Não. Ele tá aí, na portaria. Mandei subir, lógico.

— Quer dizer...

— Isso mesmo. Tchau.

Pouco mais de uma hora da tarde de sábado. Calor sufocante, conversa sufocante, Kátia correu à janela do apartamento, se debruçou tanto que quase caiu. Viu o rapaz atravessando o pátio, já na entrada do edifício. ELE. O amor baiano de Débora. Zé Paulo, o negro.

"Débora deve estar maluca de não contar nada pra mãe", pensou Kátia, já sem enxergar o rapaz, provavelmente pegando o elevador. Débora podia parecer certinha, mas tinha muito do jeito amalucado do pai, Vlado. Pelo menos nessa história de amor: mal tinha um mês que Débora conhecera Zé Paulo, numa pequena temporada em Salvador, e já marcava encontro em São Paulo.

A mãe de Kátia tinha ido ao cabeleireiro; seu pai e a irmã estavam no supermercado. Só ela em casa, decisão própria. Despenteou o cabelo, tentou a expressão mais "casual" possível e seguiu pro apartamento da amiga.

Tocou a campainha e nem chegou a esperar. Míriam, mãe de Débora, abriu a porta no mesmo instante. Todos, de pé, ainda no *hall*.

– Oooh, vocês têm visita... – falou Kátia, tentando não ser hipócrita. – Tudo bem? – Estendeu a mão para o rapaz.

Zé Paulo era bem alto, muito mais do que as três mulheres. Um rosto forte, um aperto de mão forte. Míriam não conseguia olhar pra cara dele. Nem entendia direito aquilo, o abraço que sua filha deu no rapaz negro, a apresentação: "É um amigo meu de Salvador", e, logo em seguida, a entrada decidida de Kátia.

– Você já conhece a cidade, Zé Paulo? – Kátia puxou assunto, e parece que só aí Míriam entendeu que precisava ser "anfitriã". Apontou a sala, indicou os sofás.

– Vim uma vez pra cá. Faz tempo. Agora, como a faculdade está em greve até quarta-feira, vim conhecer mais... – Ele sorriu. Um sorriso bonito, dirigido para Débora.

Míriam continuava sem jeito. Cruzava/descruzava as pernas, nervosa:

– Onde... onde vai ficar aqui em São Paulo?

Foi Débora quem respondeu, e apertou a mão do rapaz:

– Ele fica aqui, mamãe. Fui eu que convidei.

– AQUIIII?

Kátia não sabia se ria ou ficava com dó da mãe de Débora.

– É, mamãe – continuou Débora. – Tem o quarto de hóspedes. Por três dias, não vai incomodar... não é mesmo?

— Bem, é que você nem me avisou, filha...

— Eu não quero atrapalhar você e sua mãe, Débora. Tenho uns amigos, posso...

— Não, Zé Paulo. Não vai ser trabalho. Não é mesmo, mãe?

"A pestinha da Débora está testando a mãe até o último fio de cabelo", Kátia pensou. Era divertido, mas também estranho.

Foi assim que "ELE" chegou, para ficar três dias. Na turma, apenas Kátia estava por dentro do namorado arranjado por Débora em Salvador. E ela também se sentia cúmplice, porque fora uma incentivadora do romance. Só não imaginara que as coisas andariam tão depressa... menos de um mês e lá vinha o cara fazer visita?

Kátia saiu do apartamento e desceu direto ao pátio. Encontrou Carlos sem camiseta, tomando sol.

— Carlos — falou ela. — A Débora está com um amigo aí, de Salvador. A gente precisa levar ele pra conhecer São Paulo.

— A gente... como assim, a gente?

Vinha chegando a irmã do Carlos. Kátia preferiu falar o resto depois. Foi embora, rápida.

Sentia que precisava avisar os amigos, fazê-los "cúmplices", quase que "preparar terreno"... Por quê? Evitar comentários racistas? Proteger Débora — e também Zé Paulo — de alguma maldade? Ou também era ela própria se dividindo entre "dar força" pro namoro da amiga ou não dar voz ao que sempre se ouve sobre raça, sobre negro?

Pro Newton foi fácil telefonar; estava em casa estudando. Para ele, Kátia explicou melhor, sobre o amor e o negro. Só que Kátia não contava com a xeretice de Rosane, irmã dele. Ouvia a conversa na extensão e, bem, ela saber era o mundo saber. Kátia ligou depois para Débora:

— Como vão as coisas?

— Bem. Ou melhor, o normal. — Débora riu, abaixou a voz. — Zé Paulo está tomando banho, e mamãe tentou me dizer alguma coisa. Só que preferiu ficar me olhando com cara de brava a fazer escândalo. Acho que preferiu dar um tempo...

Dar um tempo. Era bem da Míriam provar que era liberal. Nada de berreiro. Mas ganhar tempo. Ver se fazia a filha se convencer de que toda e qualquer atitude seria só "pro bem de Débora".

– Eu pensei que seria legal a gente sair em turma, mais tarde...

– Por quê, Kátia? Você está com medo de que eu fuja com Zé Paulo?

Kátia desconversou. Marcaram um encontro mais à noitinha.

E quando os pais de Kátia chegaram, muita coisa já se sabia no edifício. Rosane contou pra Carolina, namorada de seu irmão, sobre o negro. Heitor, pai de Carol, já comentava em voz alta que "era isso que dava criar filha sem cabresto". Carlos e sua irmã Regina já tinham brigado, porque ela tentava achar uma saída "macumbeira" para o caso de amor. Bete estava viajando; nem ficou sabendo. Pedro, o metaleiro, devia estar acordando àquela hora, e ele também lá ia se importar se alguém fosse negro, branco, amarelo ou roxo?

Entre tantos acertos, o tempo passou depressa. À noitinha, a turma se dividiu em dois grupos: Norberto, mais a namorada Karen, levaram Kátia, Débora e seu *love* num carro. Newton era "carta nova", barbeiro como ninguém, mas convenceu a namorada, além de Carlos e Regina (Carlos quase bateu na mãe, quando ela insistiu em que ele levasse a irmã menor).

No caminho, um pequeno incidente. Um carro ultrapassou Norberto, coisa assim de não baterem por um metro. O furioso Norberto virou-se para fora e xingou o motorista. Karen tentou acalmar o namorado, que soltou outro palavrão e a expressão "coisa de preto"... o "preto" acabou sussurrado, como se ele só tivesse se lembrado depois. Karen e Kátia olharam ao mesmo tempo pra Débora; ela não tinha ouvido... ou teria?

Lanchonete. Duas mesas unidas, cervejas, refrigerantes. Em outra noite qualquer, a turma ia se escrachar: Kátia provocando

Carlos, falando alto com ele – se não brigassem. Karen e Norberto ficariam se beijando, meio isolados da conversa. E muito papo gostoso... Isso, se aquela fosse uma noite normal. Não era.

– Opa! Aqui também tem casquinha de siri? – falou Zé Paulo, vendo o cardápio.

– Não sei se dá pra confiar... – disse Débora, comparando com o gosto do siri nordestino.

– Vai cerveja? – perguntou Newton, garrafa levantada.

– Pode ser.

– Quer um cigarro? – perguntou Norberto.

– Não fumo.

Todos tão polidos, tão cheios de dedos. O namorado crioulo de Débora. Qualquer palavra, um simples "a coisa tá preta" já não poderia ofender? Regina era vigiada pelo irmão, e mesmo assim ficava de olhos grudados no baiano, como se dali a pouco fosse se transformar num acarajé. E a conversa não andava. Tudo muito certinho – demais.

– Como vocês se conheceram? – perguntou Regina, fugindo do olho irritado de Carlos.

E Débora foi contando. Zé Paulo parecia o único relaxado do grupo. Com seu sotaque "cantado" e gírias que a turma não conhecia, foi falando das aulas do Vlado, pai de Débora. Da "gracinha" que era sua garota. Tudo com muitos olhares entre eles.

– Quer dizer que você faz faculdade, Zé? – A surpresa na voz de Regina pesou o ambiente.

E foi a gota d'água pro Carlos:

– Vai ver a tonta da minha irmã pensa que preto não pode fazer faculdade. Não é inteligente...

– Carlos! – Regina sentiu-se humilhada. Abaixou o rosto, e talvez as coisas ficassem mais feias, se Zé Paulo não desse seu sorriso sedutor pra Regina e segurasse em sua mão:

– Que é isso, Carlos... uma irmã tão bonita. Ela não falou por mal, mas eu sei que tem muita gente que pensa assim... E o Gilberto Freyre ainda chamava o Brasil de democracia racial.

– Você leu o Gilberto Freyre?

– Li, sim, Carlos.

Aí o petista se alvoroçou, porque também tinha lido. E ficaram lá, com casa-grande de um lado, senzala do outro. Miscigenação, teoria racial das quantas. De repente, estavam todos ouvindo a conversa dos dois, no meio do sociologuês deles. Até que Zé Paulo percebeu ser o centro das atenções, e não conteve a brincadeira:

– Eta crioulo metido! – falou.

Risadas. E, timidamente, alguns papos sobre racismo. Zé Paulo assumia as "piadas" e contava outras. Depois, rebatia com informações. E muito bom humor.

Na volta, o pessoal se afastou devagar. Newton e Carol namoravam no carro. Karen e Norberto largaram a turma e foram passear até mais tarde. Regina subiu ao apartamento, e Carlos e Kátia se sentaram na mureta. Viam, mais longe, Débora e Zé Paulo trocando uns beijos.

– Tá uma noite quente – falou Kátia.

– Muuuuito quente. E não só por causa da temperatura.

– Sei o que você quer dizer... – Kátia pegou um matinho do jardim, ficou mordiscando. – Será que vai dar certo, Carlos? Eles dois?

Carlos olhou para o casal, fez uma careta, meio dizendo "quem sabe?". Suspirou, depois disse:

– Ele é um cara legal. Mas é uma barra. A gente mesmo tem preconceito. É difícil superar isso... Agora, é só um namoro. Não quer dizer compromisso, casamento...

– Só um namoro, Carlos? Quer dizer que namoro é uma coisa tão... tão sem importância assim, pra você?

– Não foi isso... Kátia, lá vem você!

E veio mesmo. Ficaram um bom tempo querendo saber se um namoro era "só" ou era "tanto". Enquanto isso, Débora e Zé Paulo preferiam trocar beijos...

O encontrão

Débora e Míriam estavam jantando, numa quarta-feira sem maiores novidades. Bom, quase sem maiores novidades. Porque de repente a garota deu um tapa na testa, lembrou que...

— MÃE! Hoje tem reunião de pais na minha escola. Esqueci de lhe contar.

— Mas agora, Débora?

— Agora, mãe. Às 8 horas. — Eram sete e vinte da noite.

— Puxa, justo hoje, estou tão cansada.

— Mãe, eles vão discutir um monte de coisa importante...

Míriam suspirou. Já estava de penhoar e de chinelos, e só a ideia de ter de se trocar, pegar um táxi para não se atrasar muito, ouvir um longo papo por mais de duas horas... Bem, era um compromisso. O jeito era ir.

E, como se aquela fosse a noite de todas as coisas inesperadas, uma chuva violenta começou a cair no instante em que Míriam saiu do táxi. Ela correu para o portão da escola, protegendo a cabeça com a bolsa, quando deu uma topada num homem que também corria para lá, tentando se proteger da chuva.

Acabou sentada no chão, completamente encharcada.

— Oh, me desculpe! — O homem estendeu a mão, ajudou Míriam a se levantar. — Você está bem?

— Ensopada.

E eles riram.

Na escola, a orientadora pedagógica arrumou uma toalha para Míriam, que foi ao toalete se ajeitar. Demorou algum tempo e, para sua surpresa, apenas o homem e a orientadora estavam na ampla sala de reuniões.

— Onde estão os outros pais?

— A nossa amiga aqui — falou o homem apontando para a orientadora pedagógica — acabou de avisar que cancelaram a reunião.

— CANCELARAM? — gritou Míriam. — Eu ainda tomei essa chuva à toa?

— Por favor, desculpe. Foi um caso de doença na família da diretora... Nós ligamos para os alunos, mas a senhora já havia saído.

— Eu não sei se choro ou...

— Não chore, não — falou o homem. — Pelo menos nós podíamos tomar um drinque e bater um papo. Quem sabe valeu pra gente se conhecer, não é?

— Oh, não sei... Ensopada desse jeito, ainda vou pegar gripe.

Mas o estranho tinha um sorriso muito convincente. E, depois, não ficou estranho por muito tempo: seu nome era Alfredo, havia se mudado de Santa Catarina para São Paulo pouco tempo antes, e o filho estava na escola havia apenas dois meses.

Alfredo podia ser novo em São Paulo, mas conhecia bem os restaurantes da cidade: sugeriu meia dúzia de nomes até que se decidissem por um.

— Puxa, é um belo lugar — falou Míriam, ao entrar no restaurante, uma cantina com decoração típica da Itália. — Eu não conhecia... Aliás, conheço poucos restaurantes. É difícil sair de casa.

— Devia sair mais. Assim, quem sabe, a gente já teria se conhecido há mais tempo.

Míriam olhou bem para Alfredo. Era moreno, magro. Poucas rugas na testa e no canto dos lábios. Um homem atraente. Míriam sorriu.

— Isso é uma cantada?

— Pode ser.

— Não lhe passou pela cabeça que, se eu fui a uma reunião de escola, eu tenho filhos?

— Hum, que ideia interessante.

— E não lhe passou também pela cabeça que se eu tenho filhos, posso ser casada?

— Eu também poderia imaginar que você teve filhos por inseminação artificial com um ser de outro planeta.

Foi tão inesperado o comentário biruta que Míriam caiu na risada.

— Agora, eu também sou bom observador. Você não usa aliança.

Míriam olhou para a própria mão, alisou o lugar onde deveria haver uma aliança.

— Nem quando era casada eu usei isso. Nunca gostei de aliança.

— Ah, então você não é casada. Viu como adivinhei? Ambos fazemos parte do clube dos descasados.

Alfredo se pôs a conversar com o *maître* sobre os pratos e o vinho, e Míriam se distraiu. Era engraçado... ela olhava para a mesa, a decoração luxuosa do restaurante. Lembrou do dia cansativo, da chuva, do encontrão, e achou muito estranho que uma noite aparentemente péssima terminasse num jantar com um cara simpático. Começou a rir.

— O que foi?

Míriam contou a Alfredo o que estava pensando.

— Obrigado pelo "cara simpático". Você também me parece muito legal. Por que o casamento não deu certo? Quer falar sobre isso?

— Hoje eu já não tenho problema pra encarar por que não

deu certo. Mas acho que vai ser uma conversa chata. E você? Por que seu casamento não deu certo?

– Eu poderia te contar mentiras lindas: primeiro, que ela tinha um monte de amantes...; segundo, que sou um torturador e meu maior prazer é dar três surras por dia na esposa; terceiro, que sou viciado em peixe cru, e ela detestava meu hálito. E quarto...

Alfredo não conseguiu contar o quarto ou quinto motivo, porque Míriam estava tendo um ataque de riso e pediu que parasse. Ele ficou olhando com ternura para ela, que perguntou, com voz mansa:

– Você não sabe falar as coisas a sério, Alfredo?

– Nas horas certas. Por exemplo: estou gostando muito de você, Míriam. – E ficou sério.

Ela parou de rir e o encarou.

– Você continua brincando.

– Não, agora, não. É verdade. Quero te ver amanhã. Sem falta. Janta comigo?

– Não posso sair assim! Não sou uma adolescente; tenho uma filha pra cuidar. Depois... eu mal te conheço.

– Estamos juntos há precisamente uma hora e cinquenta e dois minutos. Já é bastante tempo pra conhecer uma pessoa.

O jantar foi bom, mas Míriam não quis marcar nenhum compromisso. Eram dez horas quando Alfredo estacionou no portão do edifício. Míriam saiu do carro; ele também. Ficaram os dois, parados, um em frente ao outro. Formalmente, ela estendeu a mão:

– Bem, obrigada pelo jantar. Você é muito engraçado.

– Antes você disse "simpático". Agora eu virei engraçado?

Alfredo era bem mais alto do que Míriam. Ela não o olhou nos olhos. Talvez não quisesse fantasiar ou reconhecer que ele era um dos caras mais simpáticos que havia conhecido nos últimos tempos.

– Boa noite, Alfredo. – A mão continuou estendida. E solenemente ignorada por ele.

O corpo de Alfredo se aproximou rápido e, antes que se recuperasse do susto, Míriam sentiu os lábios dele sobre os seus. Foi um beijo assustado, antes que ela puxasse o rosto para trás, sem saber por que se sentia ofendida – com o quê? Como se fosse casada e estivesse traindo um marido? Ou pelo inesperado?

– Boa noite, Míriam. A gente se vê.

Ela ficou parada, vendo o homem se afastar. Lembrou com irritação que havia esquecido de dar o número de seu telefone para Alfredo. E ficou mais irritada ainda quando lembrou que ele não havia pedido.

– Você demorou, mãe... Ligaram da escola logo que você saiu. Mãe! O que aconteceu com sua roupa?

Só então Míriam reparou na grande mancha de lama na barra da calça. Imaginar que tinha ido ao restaurante daquele jeito só a irritou mais.

No dia seguinte foi perseguida por uma dor de cabeça constante. Era o resfriado, e mais ainda a expectativa tola de que o telefone pudesse tocar e ser Alfredo. Foi uma tensa e irritada Míriam que chegou para o jantar.

– Hoje estou péssima – falou, sem beijar a filha. – Vou só fazer uma omelete e...

– Omelete, mãe? – Débora encarava Míriam como se ela estivesse biruta. – E o que a gente faz com isso? – perguntou, apontando vários pratos de comida chinesa sobre a mesa da sala.

– Mas o que é ISSO?

– Você não sabe? Entregaram faz dez minutos. O cara disse que já estava pago, e eu pensei...

A campainha tocou. Débora foi atender e deu de cara com um homem alto, de seus cinquenta e poucos anos, carregando um imenso buquê de rosas.

— Boa noite. Você deve ser a filha de Míriam, não?

Alfredo entrou com tranquilidade, estendeu o buquê para Míriam, que absolutamente não sabia o que fazer ou como apresentar Alfredo. O rosto da mãe estava tão vermelho que nem seria preciso. Débora mal conseguiu conter o riso, vendo-a tão confusa.

— Obrigada, Alfredo. — Míriam tentava esconder-se atrás do buquê. — Eu não pensei... você não avisou nem nada... Ei! — Ela se lembrou. — Como você passou pelo porteiro sem aviso pelo interfone?

— Não fique chateada com o porteiro. Mas um homem que carrega flores e quer fazer uma surpresa é bastante convincente. Principalmente se apresentar duas notas pra conseguir o sigilo do porteiro.

— Você SUBORNOU o porteiro? — Míriam estava surpresa.

Alfredo não respondeu, tirou o *blazer* e foi conferir a comida.

— Frango xadrez, arroz a *shop suei*, camarão à chinesa... Vocês gostam?

— Eu adoro! — falou Débora, indo à cozinha buscar talheres.

— Como eu explico isso a minha filha? — falou Míriam, em voz baixa, aproveitando a ausência da garota. — Que você pensa estar fazendo?

— Uma declaração de amor. — Alfredo sorria, divertido com o jeito desesperado de Míriam.

Débora voltou com os talheres. Estava gostando daquele homem atacando a "solteirice" da mãe. E, durante o jantar, ela e Alfredo se divertiram mesmo, falando e rindo de tudo. Quem continuou calada e confusa foi Míriam, que pouco tentava participar da conversa.

— O que vocês acham de repetir amanhã com comida alemã?

— Joia! — falou Débora.

— Não, nada disso! — Míriam gritou, e ficou encarando os dois, ambos surpresos com a explosão. Ela suspirou e voltou a falar num tom de voz normal. — Por favor, isso sai muito caro.

— A gente divide a conta, se você preferir — disse Alfredo.

— Alfredo, eu... prefiro dar um tempo.

— Dar um tempo? No quê?

É mesmo. No quê? No "namoro"? Não era namoro. Na brincadeira? Talvez. Pra quem tinha uma rotina comum, os dois dias tinham sido doidos demais.

— Bem, se vocês mudarem de ideia, aqui está o meu telefone. — Alfredo escreveu o número no guardanapo de papel. — Eu vou indo.

Foi Débora quem acompanhou Alfredo até a saída. E foi uma Débora furiosíssima com a mãe que voltou à sala.

— Mãe, você tá doida? Ele é superlegal.

— Deixa de ser criança, Débora. Conheci esse cara ontem, nem sei...

— E daí? Por que tratou o cara tão mal, mãe? Ele foi grosseiro com você? Não. Ele foi chato? Não! Ele foi legal e gentil, e você só deu cascudo nele.

Débora falava com a mãe e andava pela sala. Míriam se encolhia no sofá e sentia os olhos avermelharem. Era como se ambas trocassem de lugar, e houvesse uma "mãe" garota e uma "filha" assustada.

— Débora, sinceramente não sei por que o tratei mal... Acho que foi a surpresa, essa paparicação toda...

— E o que tem de mau em ser paparicada? Não é legal?

— É legal, mas...

— Você tá com medo, mãe!

— Débora, não é. É...

— Mãããããe! Afinal, ele pode ser um ótimo amigo.

Silêncio. Míriam sorriu, passou a mão pelos olhos.

— É, é medo, sim. Não é gozado? — Silêncio de novo. — Que é que eu faço, Débora?

A filha sorriu, foi até a mesa, pegou o guardanapo. Depois se dirigiu até o telefone, tirou-o do gancho:

— Você liga ou ligo eu?

Caminhos

– Parabéns, Newton.

Apenas dois nomes afixados na porta da sala do professor. O grupo de dez jovens olhava os nomes – e para um dos "felizardos": Newton Meyer Teixeira. O outro nome: Analise T. Gabrilli.

— É, quem é bom é bom... — falou um rapaz. — E você mereceu, Newton.

Os colegas deram uns tapas nas costas de Newton, de um jeito "carinhoso" que quase desmontou o magrelo. Analise ainda não tinha sido avisada, logo saberia. De um grupo de mais de cem concorrentes na faculdade, apenas eles tinham ganho a bolsa de estudos para a pesquisa arqueológica nos sambaquis em Santa Catarina. Iam como auxiliares do professor Gomes.

— Dois meses em Santa Catarina... tudo pago... eh, vida mansa! — comentou outro colega.

— Não vai ser assim ... Do jeito que vocês falam, parece que a gente vai para um hotel cinco estrelas! — disse Newton.

— Ah, mas e a companhia? — continuou o mesmo colega. — A Analise não é de se jogar fora...

Newton ia responder, irritado com aquela brincadeira machista do colega, mas Analise vinha chegando, acompanhada de outras garotas. Leu o seu nome, caiu na risada e se abraçou ao pescoço do Newton.

— A gente conseguiu! Viva!

Newton ficou muito, muito vermelho...

As férias chegavam. O resultado das últimas provas estava sendo afixado pelos corredores da faculdade de Química, mas um bom aluno como Newton já estava aprovado por antecipação. Seu último desafio era aquele: conseguir a vaga como auxiliar do professor. A verba da universidade só podia pagar dois pesquisadores, e aquilo era muito importante para ele. Arqueologia... associar pesquisa com microrresíduos em antigas peças indígenas, poder confirmar a presença humana em terras americanas na Pré-história. Para alguém que estava apenas no terceiro ano do curso, era uma honra auxiliar um professor famoso como o Gomes.

Mas era um Newton confuso que dirigia seu automóvel e voltava para casa. Dois meses trabalhando em Santa Catarina eram dois meses longe de Carolina. Dois meses sem a namorada, os amigos. E, talvez, se o destino ajudasse e seu empenho também, poderia vir o convite: quem sabe, o retorno ao museu arqueológico de Blumenau. Uma bolsa de especialização nos Estados Unidos. Ou a participação em escavações no Pará. Ou...

Grandes rumos em sua vida. Mas caminhos que teriam de ser percorridos sozinho. Era isso que incomodava Newton. Ele não tivera coragem de contar para Carol sobre a bolsa da pesquisa. Estava dividido e confuso. Se não tivesse sido aprovado, tudo bem. Não precisaria falar para ela. Mas tinha conseguido! No meio de tantos alunos, alguns quartanistas, ele havia vencido.

Um carro passou buzinando, e o motorista xingou Newton. Distraído, ele ia a quarenta por hora numa grande avenida. Ah, a cabeça!... as decisões... Gostava de Carol. Isso, para ele, era uma constatação tranquila. Mas amava os estudos. Não seria possível ficar com os dois? Talvez, mais velho... depois que se formasse, fosse estudar fora, voltasse com um PhD. Aí estaria com mais de trinta anos... era possível arrastar por dez anos um namoro, um noivado, um casamento? Queria mesmo casar?

Newton era uma pessoa transparente. Foi chegar ao edifício, bater os olhos em Carlos, para o amigo perceber alguma coisa errada.

— O que foi? Coisa ruim? — perguntou Carlos.

— Não... acho que aconteceu alguma coisa muito boa.

— Então, por que você está com essa cara?

Newton suspirou, ajeitou o cabelo com a mão, mas isso o deixou mais arrepiado. Tirou os óculos e limpou as lentes na beirada da camiseta. Estavam apenas os dois por ali, na frente do edifício.

— Você já teve de tomar uma decisão? Uma decisão importante e difícil, Carlos?

— Decisão?... Acho que sim. Não sei do que você está falando. — Mas Carlos desconfiou. — É sobre a Carol, não é?

— É, tem a ver com ela.

— Vocês brigaram?

— Não, imagine! Eu gosto dela, Carlos. Gosto, sim. — Newton continuou limpando os óculos. Os olhos ficaram um pouco vermelhos.

Explicou para Carlos sobre a bolsa de estudos, os dois meses em Santa Catarina.

— Poxa, mas isso é ótimo! — Carlos deu um safanão no braço do amigo, quase fez os óculos dele despencarem. — E depois, são só dois meses. A Carol vai ficar com saudades, mas...

— Não são só dois meses. — A voz de Newton era séria. — É bem mais do que isso, Carlos... Por que eu não contei para ela sobre a bolsa de estudos? Por que eu estou falando cada vez menos com ela sobre a faculdade? É difícil, Carlos. Não sei se você entende... estou com vinte anos, adoro o que faço. Se der tudo certo lá em Santa Catarina, volto pra lá ano que vem... talvez volte de vez. Estou me informando sobre bolsa de estudo fora do Brasil... mas não contei a ela. Está entendendo, agora?

Carlos ainda não havia precisado, na sua vida, fazer esse tipo de opção. Mas entendia o medo do amigo. As suas dúvidas.

— Não tá dando pra ficar com ela, não é?

— Eu adoro essa garota. Mas... é um projeto de vida. Não posso fazer a Carol me esperar. Não posso levar ela junto. Percebe, Carlos?

— Você vai ter de falar com ela.

— É, eu vou ter.

Falar com ela... falar com Carolina era enfrentar seus olhos escuros, logo mais à noite. Era enfrentar a família de Carol, todos tratando-o bem, depois da dificuldade em aceitarem o namoro. Paulo, o irmão ciumento, agora sempre o convidava para uma cervejinha, um papo...

Newton suspirou. E, logo que conseguiu falar com Carol, sugeriu que fossem dar um passeio.

— O que foi, Newton? Problemas na faculdade?

Os dois estavam no carro dele, estacionado numa praça, ali mesmo no bairro. Naquela noite, Newton havia falado apenas por monossílabos, e nunca havia dirigido tão mal. Chegou a ultrapassar um sinal vermelho, sem enxergar. Não olhava Carol nos olhos. Foi encarando os bancos da praça, vazios à noite. O movimento das folhas, levantadas pela brisa noturna. E no começo foi mais fácil falar da bolsa de estudos, de Santa Catarina. Dos dois nomes escolhidos entre tantos candidatos.

— Analise...? — O coração de Carol se agitou. Uma rival era aquilo? — Eu conheço?

— Não, não conhece. Ela é do quarto ano. — Newton suspirou. — Carolina... eu preciso muito falar com você... e não estou conseguindo.

Quando Newton a chamava por "Carolina", em vez de Carol... e com aquele tom de voz sério... alguma coisa tinha acontecido. Ela apertou os lábios com força; as mãos começaram a tremer.

— Esses dois meses vão ser duros, vai ter muito trabalho.

— Por que você não me contou, Newton? Não confia em mim?

— Confio! Mas... Carolina. — Newton franziu a testa, sem conseguir olhar para a namorada. — Eu não consegui lhe contar da pesquisa porque...

— Você não gosta de mim. — Ela fez voz de choro.

— Gosto. Meu Deus, como eu gosto de você. — Newton olhou para a garota. Para os olhos vermelhos e tristes de Carolina. E o sentimento foi mais forte. Ele a apertou com força, sentindo que os óculos barravam lágrimas. — Carol, não é questão de gostar. Não é isso.

— Você não quer mais ficar comigo. — Carolina tinha a voz séria, dessa vez sem nenhum trêmulo de choro.

Newton afastou um pouco seu corpo, e a encarou:

— Eu não posso. Não é que eu não queira. Eu não posso.

— É por causa dessa Analise, não é?

Newton afastou o corpo, estapeou as próprias coxas e gritou:

— Não é isso! Não tem nada a ver com outra garota, Carol!

— Você não gosta de mim.

— Carol, ouça. Não é por causa dos dois meses. Não é por uma pesquisinha de fim de ano. É tudo, Carol. Eu tenho vinte anos, quero fazer um curso de pós, tentar bolsa no exterior... Podem ser anos longe daqui. Como eu posso fazer você ficar me esperando? Acha que isso é possível?

— Você podia casar comigo.

Newton apertou os olhos, tirou os óculos. Não queria que ela dissesse aquilo. Mas também não podia mentir.

— Eu não quero casar, Carolina.

— Está vendo? Você só queria um passatempo, não é? Ter uma garota, um programinha... estou me sentindo... sentindo... — as palavras saíam no meio dos soluços — ... alguém que foi usada e jogada fora.

Newton perdeu a cabeça, quando ela disse aquilo. Agarrou Carol pelos ombros, apertando com força. Falava rápido, de olhos vermelhos, a voz agressiva.

– Não diga isso, por favor, jamais pensei assim! Carolina, eu amo você, por Deus, nunca pensei em te usar. Você foi minha primeira namorada, primeira mulher, tudo. Nunca pense que o que aconteceu entre a gente foi feio, foi... sujo. Não dá pra te colocar nesse projeto... Como eu posso ficar com você, e não colocar você no meu futuro? Isso ia ser muito mais dolorido.

Carolina chorava. Newton a abraçou, sentindo as lágrimas molharem sua camisa. O que poderia ser justo numa hora daquelas? Como contornar a mágoa e tantos sentimentos se chocando?

Carolina se afastou um pouco dele. E o olhou, daquele jeito como tinha olhado pela primeira vez, quando se beijaram no aniversário da irmã do Carlos, enquanto dançavam ouvindo o RPM. Não ouviam rádio naquela hora. Mas a música ficava em volta deles, o *London, London* tão profético, a separação... outro país, outros lugares...

– Vamos fazer uma coisa, Newton. – Carol aceitou o lenço que o rapaz lhe estendia, assoou o nariz e suspirou fundo. – Não vamos falar adeus, está bem? – Ele ia dizer alguma coisa, a garota colocou a mão sobre seus lábios. – Por favor. Vamos deixar as coisas acontecerem... por favor.

– Arrancar um dente devagarinho? Você não acha que assim dói mais?

– Pode doer mais. Mas se a gente gosta muito do dente... é um jeito de ficar mais tempo com ele.

Os dois se deram um beijo, um beijo misturado com lágrimas e soluço. E ficaram muito, muito tempo abraçados. Apenas ouvindo os barulhos da noite e as batidas de seu coração, de um jeito triste. Triste. Como sempre é triste quando é preciso partir... quando é preciso escolher...

Aloha

Sol-sol-sol. Tão forte que fazia as pessoas apertarem os olhos quando encaravam o mar. Um mar verde. Nenhuma nuvem às onze e meia. Algumas pessoas protegidas por guarda-sol, outras esticadas na areia. Outras – era o caso de Newton – meio protegidas pela sombra e com uma parte do corpo bronzeando com cuidado.

Newton aproveitava uns dias na praia antes de viajar para Santa Catarina e cumprir sua bolsa de estudos. Foi um presente que o pai havia dado a ele e Rosane, sua irmã: duas semanas na casa de praia da tia Laís. Duas semanas de praia, calor... que Newton aproveitava aos poucos: deixava só as pernas tomando sol e lia um romance interessante, chamado *Justiça*, de Durrenmatt. Estava adorando.

Isto é, até que uma apressada Rosane chutou um monte de areia sobre a página do livro.

– Pô, Rosane! Vem mais devagar...

– *Aloha*. O mar tá *crowd*, não tá?

– O mar tá o quê?

– *Crowd.*

– Que bicho te mordeu, Rosane?

– Não foi bicho. Foi o *surf.* – E Rosane apontou para um lugar na praia, mais distante, onde um bando de rapazes e moças conversavam, a maioria segurando pranchas de *surf.*

– O *surf*... ou algum surfista? – Newton ajeitou os óculos, sorriu. A irmã ficou um pouco sem jeito, mas acabou dando uma piscada de olho pro irmão. Sorte sua que o mano Newton não era do tipo "fera", como o irmão da coitada da Carolina.

– Tá vendo aquele ali? De *long john*?

– E que bodega é essa de *long john*? De *crowd*? – Newton fechou o livro e sentou-se estapeando a areia dos ombros.

– É o seguinte, mano. O cara que tá vestido com aquela roupa comprida, de borracha...

– Parecendo uma salsicha?

– Você conhece ele? – Rosane fez uma cara espantada.

– Como assim?

– É que o apelido dele é "Salsicha".

Newton ia responder que não, que não conhecia o carinha de seus dezesseis anos no máximo, loiro e queimado de sol. Ia dizer que qualquer pessoa não surfista só podia imaginar que um cara numa roupa de borracha daquela se parecia com uma salsicha... A mana estava tão animada, Newton sorriu e resolveu só dizer: "Não".

– Então... O Salsicha tá me explicando umas coisinhas de *surf*... *crowd* é multidão, mar cheio de surfistas... e *aloha* é saudação havaiana.

– *Aloha* eu sei. Não tem reportagem sobre o Havaí que não comece com "*Aloha.* Bem-vindo ao Havaí"...

Então você quebra a minha?

Aí Newton se incomodou.

– Como assim, "quebrar a sua"?

– É que o Salsicha me falou de um *secret point* dele, na praia. Um lugar quente pra pegar onda.

— E você quer que eu minta que você está com uma amiga, coisa assim...

Rosane olhou daquele jeito desesperado que as irmãs mais novas olham pros irmãos mais velhos quando querem ficar livres dos "velhos". Os pais deles não tinham vindo na temporada, mas a tia Laís mostrava o dobro da preocupação. Havia saído da praia pelas dez, e deixou Rosane aos cuidados do glorioso irmão mais velho.

— Sei lá... Você já conhecia o cara, Rosane?

— Não.

— E você acha legal ir saindo, assim, com ele? Não é perigoso?

— Ah, é amizade... a gente só estava falando de *surf*.

— Só de *surf*? Nenhuma paquerinha? O rosto claro da garota ficou vermelho até a raiz dos cabelos.

— Bem...

— E onde fica essa praia, a tal de *Secret Point*?

— Não, você não entendeu... — Rosane se divertia com os foras do irmão. — Não é a praia que se chama *Secret Point*... é a praia de lá, indo pelo morro... Secret point é o nome de um lugar especial que um surfista encontra e tem ondas legais.

— Tia Laís pode pintar por aqui... O que eu falo?

— Diz que eu fui andar com um pessoal que você conhece...

— Vê lá, Rosane...

— Por favor.

Depois de ver o dedão levantando no positivo, Rosane deu um abraço apertado no irmão e correu ao encontro do Salsicha.

"Salsicha! Vê lá se isso é apelido...", Newton pensou. Ficaria mais espantado se soubesse que os amigos do Salsicha tinham apelidos como "Linguiça", "Mortadela" e "Hot Dog". Não faltava nem o "Catchup" — o irmão menor do Hot Dog, um garoto ruivo.

Newton ficou vendo a irmã e o rapaz loiro irem caminhando devagar pela praia ensolarada. A prancha carregada numa mão, a outra segurando a mão de Rosane...

Dessa parte Newton não gostou. Pô, de mãos dadas, sem mais? Essa sua irmã podia ser meio desmiolada... E se o carinha fosse um safado? Só aí ele se lembrou da má fama dos surfistas. Caras folgados, maconheiros... E se ele fosse um tarado? O que os pais deles iam dizer? "Newton, como você deixou sua irmã na mão de um cara desses?"

Newton balançou a cabeça espantando uma mosca, areia e ideias. Que bobagem! Ele não era tapado como o irmão da Carol, que implicou tanto quando namorava Carolina. Carolina... O que estaria ela fazendo, enquanto ele tomava sol? Aquela não era hora pra pensar em Carolina. Já tinha decidido se afastar da namorada. Mas entre eles tudo havia sido tão bom; haviam se gostado, e muito... Rosane andava de mãos dadas com um rapaz que mal conhecia.

Newton não conseguia desgrudar os olhos da irmã, um vulto cada vez mais distante na praia lotada de pessoas – mas não era difícil localizar um cara de *long john* (foi assim que Rosane falou, não?) vermelho.

"Depois, eles vão subir o morro. Outra praia..." O morro... E se o cara atacasse a Rosane? Como era mesmo o caminho por aquele morro? Solitário? Cheio de mato? Rosane só tinha quinze anos. E se...?

Um decidido Newton se levantou, fechou o guarda-sol e foi seguindo na direção da irmã. E se Rosane o visse? O que ele ia dizer? Que era um irmão implicante? "Falo que tia Laís apareceu. Chamando pro almoço."

Newton se detestou pela possibilidade da mentira. Detestava fazer o papel de babaca, e mais ainda mentir. Logo começou a sentir na pele outra coisa detestável – ao menos para os muito brancos como ele: o ardido do sol do meio-dia parecia marcar suas costas com tatuagens quentes.

Bem longe, só o vulto do Salsicha e da Rosane, no seu biquíni *sexy*. Ainda de mãos dadas. Já iam desaparecendo escondidos por árvores, subindo a trilha que dava na praia seguinte. Newton apressou o passo. Tinha certeza: se havia um lugar que o "surfista" (e esse nome lhe parecia terrível) iria atacar, era aquele. O cara já devia estar agarrando Rosane, forçando-a e...

Salsicha estava ajudando Rosane a tirar um espinho do pé.

— E aí? Tá doendo?

— Não... — Rosane fazia uma careta. Era um pequeno espinho, mas que havia se enfiado exatamente no meio da sola.

— Senta aqui. Bota o pé aqui; eu cutuco ele com essa varinha.

Newton começou a subir pela trilha. Os dois estavam mais adiante, escondidos pela folhagem. Ele queria ir devagar, pra poder espionar sem ser descoberto. Ali, o barulho das ondas diminuía, mas os ruídos do mato apareciam: zumbido de abelhas, canto de passarinhos... e um "aaaaai... assim tá doendo".

Um feroz irmão, dono da mais completa fúria assassina, se pôs a correr pelo mato, usando o guarda-sol de praia como lança e se colocou à frente de Salsicha, soltando um berro e pronto para lutar, para... ser recebido por dois espantadíssimos pares de olhos. Newton olhava pro pé da irmã, pro surfista com um gravetinho na mão e pra prancha do cara. Rosane estava sentada sobre ela.

— Bem... o que aconteceu? Você gritou...

— Quem é esse louco?

— O que você está fazendo aqui?

As duas perguntas foram feitas no mesmo instante. Newton já estava vermelho de sol, ficou mais ainda. O suor veio com força por seu corpo; até embaçou os óculos.

— Bem... — Newton reconhecia quando fazia papel de cretino. — Só posso dizer... desculpe.

O Salsicha olhava da Rosane pro Newton sem entender nada. Ela apontou pro irmão:

— É o Newton. Meu irmão. E acho que posso completar também: babaca.

— É que surfista tem uma fama... eu...

Aí Salsicha entendeu as coisas e caiu na risada.

– Meu, essa é duca. *Aloha.*

– *Aloha* pra você também.

Salsicha conseguiu tirar o espinho do pé da garota.

– Orra... pior que essa só quando eu peguei um caldo semana atrás.

– Caldo?

– É – explicou Rosane, com uma careta como se fosse grande entendida em *surf*. – Quando o cara embola na onda.

– Bom, desculpe de novo.

– Tudo bem, tudo bem ... não vem surfar?

Newton olhava pro loirinho e pra sua irmã. Quase aceitou – agora, não para ficar de irmão-fera, mas até para pedir desculpas. O olhar monstruosamente furioso de Rosane mostrou que ele estava sobrando.

– Não... vou tomar sol. É isso aí. Tomar sol.

Rosane e seu surfista Salsicha seguiram pela trilha, não antes de falarem um *aloha* divertido, vindo do Salsicha. E um *aloha* irritado, vindo de Rosane.

Newton falou vários atrapalhados *aloha*. Pra voltar rapidinho à praia, abrir o guarda-sol e ficar por ali, esperando os dois voltarem. Irmão-fera, quem diria! Justo ele, repetir o papelão com a irmã. Ele, que tinha sofrido tanto com o irmão da Carol. Besteira. Deixa os caras conversarem, trocarem uns beijos...

Essa ideia quase fez Newton voltar à trilha. Mas ele se conteve.

E na trilha, já na outra praia, Rosane foi ouvindo histórias sobre *cut back*, verticais e *lips*. Até que os *lips* desejados pelo surfista, do mesmo modo que pra Rosane, fossem outros: em vez de ficar na crista da onda, o rapaz preferiu os lábios da garota. E, abraçados, foram curtir aventuras de mar e amar. O grande lugar-comum, mas deliciosamente perfeito, para manhãs de sol.

O fantasma

Parecia o dilúvio. Uma semana sem sol! E tome umidade pela casa, sapato mofado, chuva-chuva-chuva. E se aguente pela televisão e vídeo, porque só pato pra fazer passeio num tempo como aquele.

Era bem isso que Regina andava pensando. Para seu irmão até que tudo bem. Carlos passava o dia entre escola e grêmio, lá com seus amigos. Mas pra ela... Regina estava deitada no sofá da sala, revista no colo. Uma reportagem chamou sua atenção: "EXISTE VIDA APÓS A MORTE?"

– É isso – falou Regina em voz alta. E correu ao telefone.

Logo as "exiladas pela chuva" que restavam no prédio tocavam a campainha do apartamento: Rosane, Bete e Carol.

– Que copo é esse que você andou falando? – perguntou Bete, sentando no tapete ao lado da irmã de Carlos. – E pra que tanto papelzinho?

– Senta aí e me ajuda – falou Regina, dobrando uma folha de papel e cortando em quadrados.

– Ajudar no quê? – Carol puxou uma almofada para se sentar.

– Escreve um abecedário nesses papéis – respondeu Regina – e também números de zero a nove.

– Quando você ligou eu pensei que era um jogo – falou Rosane, fazendo uma careta. – Se é pra bobeira, eu ficava em casa.

– Pensando no surfista? – brincou Bete, já sabendo da paquera praieira da irmã do Newton.

— O Newton está bem? — quis saber Carolina, abaixando os olhos. O ex-namorado já havia se mudado para Santa Catarina, por causa do estágio.

— Está — falou Rosane, meio sem jeito com o assunto. — Escreveu para mamãe, disse que tudo anda bem. Ele volta logo.

Os papéis estavam cortados e amontoados no colo de Regina. Ela estava ouriçada pela ideia e nem reparou que "cortava o papo" das outras.

— Pronto! Agora é só escrever nos papéis, botar papel de "sim" e "não", pegar o copo e começar.

— Começar o quê, diacho? — indagou Rosane.

— Começar... — Regina fez suspense — a chamar os espíritos.

— ESPÍRITOS? — as três perguntaram, juntas.

— É, o jogo do copo. Eu ouvi na escola, umas amigas fizeram. Os *mortos* — disse Regina com voz solene.

— Não me diga que você acredita numa bobagem dessas! — reclamou Rosane, rindo. Nenhuma das amigas acompanhou sua risada.

— Minha tia é espírita — falou Carol. — Ela diz que isso é perigoso.

— A gente encosta o dedo no copo. Depois se concentra — explicou Regina — e pede só espíritos bons. Não ruins.

— E se não vier um espírito bom? — disse Carol, com expressão medrosa.

— Quê, espírito bom! — reclamou Rosane. — Onde se viu pegar espírito em copo? Só se pega espírito de porco.

— Não faz gozação, Rosane — disse Bete. — Como eu li num livro: "Há mais coisas entre o Céu e a Terra do que sonha nossa vã filosofia".

— "Vã filosofia"... — brincou Rosane. — Você está caprichando, hem? Depois que começou a namorar o Pedro tem cada saidinha...

— Bom, vocês topam ou não? Eu não cortei esse monte de papel à toa. Ou é medo, hem?

As amigas encararam Regina. Depois, uma sorriu para a outra. A curiosidade era grande...

— Minha tia... — Carol parou a frase no meio. Sorriu. — Que é que sabe minha tia! A gente podia tentar.

— Por mim... — Rosane fez uma careta, moveu a mão como se mostrasse que "nem ligava".

Bete também topou, e Regina foi logo ajeitando o abecedário em uma roda, no chão. Depois escureceu a sala fechando cortinas e buscou o copo.

Um momento ótimo para pegar fantasmas. Escuro, frio... e a natureza parecia colaborar: a chuva apertou e o ruído distante de um trovão chegou até as garotas.

— Todo mundo encosta o dedo no copo, bem de leve — explicou Regina. — A gente se concentra, pensando assim: "Espírito que vaga pelo mundo, venha responder às nossas perguntas". Não pode se distrair, hem?

Roda feita, quatro dedos apoiados ao copo, quatro mãos apertadas formando uma "corrente". No pensamento de todas, a frase: "Espírito que vaga pelo mundo"... Ficaram desse jeito por alguns segundos longos. Rosane ainda resmungou se "ia demorar muito" e depois ficou séria, quando não teve resposta.

Os segundos se espicharam, um minuto, dois. De leve, muito leve, as garotas sentiram que o copo se movia um milímetro.

— Hu! — Carol se assustou.

— Parece que tem alguém — falou Regina, vitoriosa. — Não soltem as mãos. Agora a gente pergunta. — Virou-se para o copo. — Tem alguém aí?

Devagarinho as meninas sentiram o copo se mover para a palavra "sim".

— Tem um espírito! Tem um espírito! A gente pegou um! Viva-viva! — gritou Regina em voz baixa como se isso fosse possível.

— Ninguém tá forçando o dedo, hem, pessoal? — falou a desconfiada Rosane.

— Eu não.

— Nem eu.

Regina não respondeu. Só olhava para o copo como se pudesse enxergar um fantasminha dentro dele.

— Quem é você? — perguntou ela.

Bem devagar, o copo seguiu para a letra "R", depois foi se arrastando para o "U" e depois para o "I". E parou.

— Rui! Seu nome é Rui? — indagou Regina.

O copo seguiu devagar para o "sim".

— Quantos anos você tinha quando morreu? - quis saber Regina.

O copo foi até o 1 e depois, o 8.

— Nossa, um morto novinho! Quem sabe a gente até conhecia, né? — falou Bete, espantada. — Vocês se lembram de algum amigo que morreu, um conhecido?

— Teve um cara na minha escola — disse Carol. — Mas acho que o nome dele não era Rui. Era Gilberto...

— Eu ainda não acredito — falou Rosane, cética.

— Ah, é? Então faz você uma pergunta.

Rosane olhou para o copo, sorriu:

— O que você pensa de mim?

Devagar o copo foi para a letra "B".

— Burra! Ele deve te achar uma burra — brincou Bete.

A próxima letra foi o "O".

— Boba! — concluiu Regina, rindo.

Devagar a palavra "BONITA" se formou.

— Esse espírito tem bom gosto — falou Rosane para Regina. — Então não é você que tá empurrando.

— E o que mais a gente pode perguntar? — disse Regina.

— Como é a vida depois da morte — sugeriu Regina.

— Se o surfista vai ligar esta semana — falou Rosane.

— O Pedro gosta de mim? — Bete se aventurou a perguntar ao copo. E ele foi para o "sim".

Aí choveram nomes de paqueras e possibilidades de namoros e festas e presentes, todos contemplados com "sim".

— Será que esse espírito não tá gozando com a nossa cara? — duvidou Bete, quando o copo respondeu "sim" à sua pergunta sobre se ia conhecer um ator de novela. — Você está falando sério?

Em vez de ir pra "sim" ou "não", o copo aos poucos foi marcando a palavra "cheio".

— Cheio? E isso é resposta? — Bete se virou para o copo. — Você está querendo ir embora?

Rapidinho o copo foi para o "sim".

— Ah, não! — reclamou Rosane. — Eu estou cheia de perguntas...

Mas Regina foi mais rápida. Desvirou o copo, soltando a mão que formava a "corrente" — para tristeza das amigas — e falou:

— Obrigada por atender a nossos pedidos. Que tenha muita paz, onde estiver. Vamos rezar por sua alma.

Silêncio. A "corrente" rompida, a penumbra, o copo vazio, o bumbum dolorido por ficar direto no chão...

— Sabem? — Carol falou baixinho. — Dá um medo... não? Será que ele foi mesmo embora?

Repararam no barulho acentuado da chuva batendo na vidraça.

— E se ele volta e te puxa o pé? — perguntou Carol para Regina.

— Ah, Carolina! Credo, vai pra lá... Eu vou rezar por ele, vou sim.

Rosane fazia uns gestos de ginástica; Regina abriu as cortinas, acendeu a luz; o clima foi ficando descontraído. Aos poucos a noite veio chegando; Rosane foi chamada pela empregada para atender a um telefonema, tendo certeza de que "era o surfista". Carol e Bete também saíram. Carlos chegou para o jantar e nem quis saber do copo.

A chuva foi intensa por horas. Mas à noite estava um céu claro, um vento fresco movia os cabelos de uma garota chamada Regina, à janela de seu quarto. Uma moça mística e sonhadora.

— Rui — ela murmurou, olhando estrelas.

"Era verdade, aquilo de falar com espíritos? Alguém tinha forçado mais o dedo ou era o poder da mente, o subconsciente?", pensava a garota. Mas quem poderia dizer? Será que "há mais coisas entre o Céu e a Terra do que sonha nossa vã filosofia", como citou Bete, talvez sem saber que a frase era de Shakespeare?

É capaz de haver mesmo, quando se tem quinze anos, amigas sonhadoras e se acredita em espíritos.

Almofadas

Rosane ao telefone, logo pela manhã de domingo, anunciava:

— Carol, eu não quero fazer fofoca... Mas o Newton chegou agora.

— O Newton?... — O coração de Carolina bateu mais forte. O ex-namorado ficara dois meses das férias trabalhando em Santa Catarina. — Como ele está, Rosane?

— Meu irmão tá é meio biruta. Chegou e começou a discutir com mamãe. Uma barra.

— Mas o que foi?

— Ele quer morar sozinho. Invocou de se mudar para uma república. — Longo silêncio na linha. Um suspiro. — Ei, Carol? Alô?

— Eu ouvi, Rosane. E ele... — Carolina abaixou o tom de voz. — Ele perguntou por mim?

— Não.

Não havia muito mais para se falarem, depois disso. Carol desligou o telefone, tentou não chorar. Tinha sido tão bom o namoro entre eles até aquelas férias de final de ano. Newton havia sido escolhido como assistente do professor de Arqueologia para fazer pesquisas no litoral catarinense. Ele e uma colega de faculdade. E agora, na volta... A ideia até de sair de casa.

Carolina foi para seu quarto, pegou uma revista. Tentou ler uma reportagem; as palavras passavam diante de seus olhos e ela não conseguia entender o que ia "lendo". Newton... como ele estava, depois de dois meses? Por que a separação, por que os caminhos diferentes? Tocaram a campainha do apartamento. Carol correu a atender: era a irmã de Newton.

— O que aconteceu, Rosane?

Rosane entrou afobada na sala, mal cumprimentou o pai de Carol e correu com ela até o quarto.

— O Newton tá superdecidido, Carol! Falou que é uma decisão tomada, que ele encontrou uns amigos muito legais em Santa Catarina, que assim ele fica mais perto da USP... Deu a louca nele.

— E a sua mãe, ela vai deixar?

— A velha tá quase convencida. Vê se pode! — Rosane estava tão indignada que tinha o rosto bem vermelho. — Não duvido nada, ele muda amanhã.

— Amanhã? — O coração de Carol bateu mais forte. Mesmo que não fossem mais namorados, se ela e Newton continuassem a morar no mesmo prédio, poderiam se ver e quem sabe...

— É, ele voltou desse jeito. Decisão tomada, endereço certo... Falou que os amigos estão precisando logo de um cara pra dividir o aluguel. Estão esperando por ele.

Acabou não sendo no dia seguinte a mudança. Mas no outro final de semana.

Carol não conseguiu ver Newton, nenhuma vez. Foi avisada por Rosane do dia da mudança, e correu para a portaria do edifício. Pelo menos na despedida...

Newton se aproximou, carregando uma enorme caixa de papelão. Suado, colocou a caixa no chão, olhou para ela... Sorriu.

– Oi, Carol. Como está? Não vi você desde que cheguei.

– É, eu... – Vermelha, nervosa, Carol não conseguia olhar diretamente para o rosto de Newton. – Você vai mudar, não é?

– É. Assim eu fico perto da USP.

"Como podia ficar assim?", pensava Carol. Eram tão apaixonados, tão próximos... E agora conversavam daquele jeito solene, como dois estranhos.

– Newton, eu... Senti sua falta – Carol falou, voz baixa.

O rapaz suspirou. Mordeu os lábios. E Carolina percebeu: ele não ia dizer "eu também". Não ia voltar para ela. Era mesmo o fim.

– Queria conversar com você – disse ela, decidida.

– Agora eu não posso, Carol. Tenho de levar isso para o carro, e depois...

– Não, eu sei. Agora, não. Mas depois, está bem?

– Claro, a gente se vê – falou um Newton distraído, voltando a pegar a caixa.

Ainda fez várias viagens, carregando seus livros e discos. Carolina sentou-se na mureta do prédio, e tentava fingir naturalidade, ouvindo um papo comprido da Débora, mas tampouco prestando atenção. Disfarçava, mas apenas conseguia ver a calma e tranquila felicidade nos gestos do ex-namorado. "Havia uma outra?", pensava Carol. Talvez na república... Ou nem fosse isso: uma casa dividida com rapazes. Será que Newton não ia morar com uma mulher? Talvez aquela colega, que havia ganho a bolsa de estudos junto com ele... Ah, a cabeça de Carol estava confusa.

Mas foi ali, mesmo sem ter contado a ninguém, que Carolina tomou uma decisão. Não ia deixar as coisas ficarem daquele jeito; não ia sair da vida de Newton com o gosto amargo de ser passada para trás; não ia desistir... E, durante a semana, insistiu tanto com Rosane e ajeitou tantos planos que conseguiu o endereço da república.

Carol mentiu à mãe, dizendo que precisava fazer um trabalho extra da escola na casa de umas colegas. Sabia que Newton tinha só meio período de aulas na quinta-feira. Faltou às suas aulas, de manhã. E pegou dois ônibus para chegar ao bairro próximo à USP.

Prédio de apartamentos, bem mais humilde que o de onde ela morava. Em frente havia uma lanchonete. Era sentar e esperar, esperar...

Seu coração se agitou quando viu o fusca de Newton parar à calçada. Ele não estava sozinho. Uma garota morena e bonita estava com ele. Os dois entraram no prédio, sorridentes.

O mundo parecia estar caindo sobre Carolina. Seus olhos se encheram de lágrimas. Ela fechou os dedos com força, suspirou. Ainda assim, continuou ali, parada. Até não aguentar mais. Fosse o que fosse, iria até a república.

O prédio de três andares não tinha elevador. Carol subiu depressa os andares, chegou sem fôlego ao apartamento 34. Foi a moça que atendeu.

– Eu quero falar com o Newton.

– Tudo bem. Senta aí, ele deve estar tomando banho. – A garota mordia uma maçã, e tratou Carolina sem mostrar a menor curiosidade.

O apartamento tinha uma sala grande, apenas com almofadas jogadas pelo chão. O aparelho de som do Newton ocupava um lugar de destaque, com um cartaz em cima: "QUEM PÕE DISCO, GUARDA".

– Carol! – Newton estava espantado. Cabelos molhados, *short*. – O que foi? O que...

– Eu disse que precisava falar com você.

– Bem... Eu preciso sair daqui a pouco... – Ele olhou no relógio de pulso.

A garota voltou à sala, vinda da cozinha. Agora comia uma banana. Newton apresentou as duas.

– Clara, essa é a Carol, uma amiga.

– Amiga, Newton? – Muita ironia na voz de Carol.

Silêncio. Clara sentou nas almofadas e pegou uma revista. Carol ficou em silêncio, um sorriso cínico nos lábios, olhando de Newton para a moça. Newton estava nervoso, andou pela sala e demorou a sentar num pufe.

– Bem, então você quer conversar comigo...

– Quero. – Carolina se sentia calma, malignamente calma. – Tem de ser na frente dela? – Apontou a outra.

Clara se tocou com a indireta.

– Tudo bem, tudo bem... Estou saindo. Newton, fala para o Roque que eu hoje volto tarde. Beijinhos... – Jogou um beijo de longe e foi embora.

A sós.

– Ela namora meu colega de república – falou Newton.

– Tudo bem... Não precisa se explicar. Eu agora sou a ex, não é mesmo?

Newton respirou fundo, não encarava a garota.

– Escute, Carolina. Pra que essa ironia toda? Pra que vir aqui desse jeito? Não podia me telefonar? A gente se via em algum canto e...

– Canto? Que canto, Newton? Se você só fugiu de mim desde que voltou de Santa Catarina?

– EU? *Fugi* de você? – Ele coçou a cabeça, alisou o cabelo úmido para trás. – Ha! Só faltava essa! Eu.

– FUGIU, SIM! – Carolina gritou, ficando de pé na sala. – Tanto tempo a gente namorou... Combinamos de tentar alguma coisa depois que você voltasse... e dois meses depois...

– Espera aí! Espera aí! – falou Newton, também ficando de pé. – Espera aí, mocinha. Não coloca palavras na minha boca. Por mim, o namoro está desfeito desde antes de Santa Catarina. Você é que insistiu com esse negócio de "dar um tempo". Por mim...

— Por você eu já sou um lixo, não é? Usado e jogado fora.

— PARA COM ISSO! — Newton deu um tapa na própria perna e acabou se aproximando de Carol. — A gente já falou sobre isso. Eu gostei de você, foi legal, foi maravilhoso. Mas acabou.

Olhos nos olhos. Aos poucos, a ironia foi diminuindo no olhar de Carolina. E a raiva também foi diminuindo nos olhos de Newton.

— Acabou — Carol repetiu, bem baixo. — E o que estou fazendo aqui?

— Não sei. Talvez me fazendo uma visita, quem sabe.

— Uma visita — Carol deu um sorriso triste — ao ex-namorado.

— Mas continuo um amigo.

Os dois estavam bem próximos. Newton se sentou primeiro, nas almofadas. Carol sentou perto dele.

Silêncio.

Cada um ficou perdido dentro de suas próprias ideias, lembranças. Olhando para a frente, para cartazes e pôsteres nas paredes.

— Sabe, eu... — os dois falaram ao mesmo tempo.

E os dois riram ao mesmo tempo. Um riso nervoso, daqueles que se dá quando se está comovido, daqueles que sem querer fazem lágrimas aparecerem nos olhos.

— Por que não deu certo, Newton?

— Não sei. Foi a escola. Meus cursos...

— Será que foi isso mesmo, Newton?

Ele olhou bem para o rosto simples dela, seus olhos escuros e jeito carinhoso. Será que tinham sido os estudos, mesmo? Aquele final de ano movimentado, a grande aventura em Santa Catarina, os planos de estudar no exterior... Dentro dele, aquelas possibilidades existiam, mas também lhe pareciam possíveis pretextos. Quis se livrar de Carol para viajar livre, imaginando tantas e loucas aventuras – que não aconteceram. Apenas encontrou amigos. Pessoas legais, mas nada das farras, das garotas mil que tinha imaginado.

– Não sei. – Ele baixou os olhos, ficou fixamente encarando o botão da almofada. – Sabe que agora, nesse momento... Não sei.

– Eu pensei muito, Newton. Acho que minha família também atrapalhou. Aquela coisa de meu irmão ficar vigiando... Meu pai que quase bateu em você... Morar no mesmo prédio, estar sempre junto.

– Acho que você tem razão. Eu comecei a me sentir... Não sei. Vigiado. Como se fosse uma obrigação, entende? Eu podia querer estudar, sair com amigos... Mas como você era vizinha, eu... Sabe o lance de precisar dar uma explicação? Fazer um relatório? "Querida Carol, vou sair com amigos. Mando um requerimento em três vias para você me autorizar", falou Newton, escrevendo no ar seu "relatório".

Carol riu e deu um tapa leve no rapaz.

– Ah, eu não era tão chata...

– Um pouco.

De novo a conversa acabou. Os dois ali, sentados. De olho na parede, as lembranças voando pela cabeça.

– Eu preciso ir. – Carol se levantou.

– Já? Quer um suco, um café?

– Não.

Os dois, de pé. Carolina estendeu a mão, para um cumprimento solene.

Que não veio.

Newton aproximou depressa os lábios dos dela. O beijo veio impulsivo, forte. Trazendo recordações e aquecendo corpos. Aos poucos, as carícias conhecidas, o abraço forte, a respiração acelerada... E outros beijos, misturando saudade com desejo. Não se falavam, não tinham do que se falar: eles se queriam. De novo, se queriam muito.

Longos minutos depois, ambos sabiam que havia muito para falar.

– Sabe, Carol? Continuo gostando de você.

Carolina passou a mão pelo peito de Newton, deu um beijo entre os pelos fininhos do rapaz.

– Eu sabia disso. Sabia que você estava fugindo de mim.

– Não era fugindo. Não foi assim... um plano. Uma coisa arquitetada. Você fala como se eu estivesse sendo um idiota.

– Você estava sendo um idiota – disse Carol, beijando de leve o queixo de Newton. – E eu também. Você estava querendo uma mulher. E eu me comportava como... uma garotinha que agarrou um namorado para apresentar pra mamãe. Pra namorar na sala, ouvir bronca de irmão e fazer fofoquinha com a irmã do namoradinho.

– Agora é você quem exagera. Também não era assim tããããão careta. – Ele estava abraçado à garota. Apertou seus braços com mais força.

– Newton... Vamos tentar de novo? Só nós dois? Sem dar satisfação pra turma, pra família? Só a gente mesmo, sabendo que estamos juntos, que queremos ficar juntos... Tentar acertar o passo?

Newton olhou bem para o rosto corado da garota, seu sorriso bonito.

– Vamos.

E, entre almofadas, deram-se um beijo profundo, daqueles que jamais se esquece: beijo de reconciliação...

Cerimônia *dark*

"Pedro, querido Pedro,

Estou escrevendo uma carta. Não é uma coisa louca escrever uma carta para você, quando há dois dias nós estávamos tão felizes, tão íntimos... e querendo casar? Dois dias. Em dois dias, o céu caiu na minha (na nossa?) cabeça...

Vou pedir pra Kátia levar esta carta até o seu apartamento. Não é estranho? A gente morar no mesmo prédio e eu estar presa no quarto, sem poder te ver, tendo de escrever carta. E por quê? Qual o crime horrível que a gente cometeu? Um só: a gente resolveu casar. E parece impossível, para esse bando de mãe, pai, parente, vizinho e o escambau, que um cara de vinte e um e uma garota de dezessete anos queiram casar. Só podemos estar loucos...

Gosto tanto de você, Pedro. Anteontem nós fizemos contas, vimos que o teu salário na rádio dá pra pagar um aluguel e sobra uma grana. Eu tenho uma poupança, presente da vovó, dá pra aguentar uns meses, até arrumar um emprego. Não queremos depender deles, não queremos encher o saco de ninguém; queremos curtir a nossa vida. Só isso.

Logo que nós nos separamos, fui procurar mamãe. Ela ia deitar, mal perguntou se eu queria um leite quente. Falei que não, que precisava falar com ela. Você conhece a Marta, Pedro. Foi uma luta ela aceitar nosso namoro, ainda mais que ela e meu pai se separaram. Mas eu pensava que por isso mesmo, Pedro, fosse mais fácil conversar com ela. Mostrar que a gente não quer cair nos mesmos erros, nas mesmas brigas...

Você não pode imaginar como a Marta ficou, Pedro. Nem parecia minha mãe. Eu comecei a falar, e foi dizer "casamento", ela endoideceu. Gritou. Repetia: "Casamento... casamento... com dezessete anos? Você é louca? Quer destruir sua vida?" Ela gritava, Pedro! (Não sei como você não ouviu. Não, eram mais de onze da noite, você já devia estar no seu programa de heavy metal *na rádio. Talvez seus pais tenham ouvido, não sei...)*

Foi horrível. Eu comecei a chorar, de puro medo, susto. De tristeza também, porque ela não me compreendia... Ela só ia repetindo coisas sobre a vida dela com papai. Que eles foram idiotas de casar cedo. Que homem precisa de variedade e que logo ele (você, no caso) ia arrumar um monte de amantes. Que eu (ela?) ia sofrer muito... E de repente ela parou de falar e me encarou muito séria.

– Você está grávida, é isso? – ela perguntou.

Juro que deu vontade de mentir, de dizer que sim. Talvez ela até entendesse isso como motivo pra "casar cedo". Mas também fiz questão de deixar claro que nós somos mais do que namorados, Pedro. Que nós nos amamos. E que nossa intimidade é uma opção nossa, bonita e gostosa.

Pedro, o que mamãe deve ter de grilo sobre sexo, nem eu imaginava! Ela de novo ficou fora de si, falando alto e andando sem parar pela sala. Gozado: Marta acha um absurdo eu querer me casar com dezessete anos. E também acha um absurdo nós termos intimidade, sem casar. No fundo, Pedro querido, é essa loucura: eu sou um bebê. Com dezessete anos eu tenho de ser uma boneca sem desejos, uma criança-boneca, do tipo das que se dá corda. E como quem dá corda é ela, mamãe, a boneca-Bete só pode sentir fome, sede, ou obedecer (lição de casa, sorrir pra parente, dizer "bom dia", "boa tarde"...).

Loucura-loucura, Pedro. Sei que você telefonou ontem, que tocou a campainha. Eu não pude atender, ela não deixou. Ontem Marta não foi trabalhar. Sei que conchavou papai, meus avós, até uma tia, pra virem aqui em casa. Meu pai... você acredita que tem quase dois meses que eu não vejo meu pai, nem pra uma visita rápida, mas ele me aparece ontem pra dar lição de vida? Quer dizer, pra repressão, a família "está na devida ordem". Pra me deixar feliz, saber de mim, não...

E você acredita nisso, Pedro? MEU PAI, que abandonou a gente, veio com papo moralista pra cima de mim. Dizendo que "casamento cedo acaba em desgraça...", que "um homem precisa estar bem de vida pra sustentar família...", que "casamento é assunto sério...", Pedro! Dá pra aguentar tanta hipocrisia? Ele arruma namorada, sai de casa, larga mamãe e volta aqui pra se fingir de "graaaaaande papai"...

E se a barra é falar de dinheiro, aí veio mais que o moralismo, veio o preconceito mesmo. Pô, você trabalha em rádio, você empresaria show *de* rock *em clube... Tem mês, Pedro, que você deve ganhar mais que o meu pai. Ele nem quis ouvir. Se você é metaleiro, usa roupa preta e cabelo comprido, você é "marginal". E eu sou doida de casar com um "marginal"...*

Olha, juro que me deu vontade de contar pra eles a cerimônia que nós tínhamos bolado: um casamento legal, naquela capela que você me falou que conhece, lá em Campos do Jordão. Juntar uma turma, todo mundo vestido de preto. O padre estaria vestido de branco, esperando na porta da capela. A gente colocava um som joia; acho até que Stairway to Heaven, *mesmo não sendo tão roqueiro, ficava legal, porque começa baixinho e depois vira pauleira. A cerimônia começava devagar e terminava com todo mundo dançando... Ah! Se eu falasse pra eles, iam me internar num hospício.*

Querido, não sei se estou sendo egoísta, só falando de mim. Não sei se você também não aguentou uma barra pesada. É que seus pais são mais legais. É como você disse: é um casal mais velho, que acredita numa coisa superimportante – a liberdade de decisão. Eles podem nem curtir seu jeito de ser ou mesmo a ideia de a gente casar, mas nunca vão se meter. Bem diferente dessa minha família...

Meu pai almoçou aqui, ontem. Tomou uns aperitivos e ficou pior, porque queria se fingir de "amigão", dando conselho. O que ele inventou de amigos que casaram cedo e se deram mal... Vovó ficou calada, pelo menos nisso ela foi gentil. Minha tia estava mais interessada em se exibir pra todo mundo, só porque foi pra Europa. Era tudo muito ridículo, Pedro. Daria uma peça de teatro, um teatro do absurdo. Só teve uma hora em que vovó se meteu. Ela disse: "Mas como fica a escola?".

Eu falei que terminava o colegial este ano e que se quisesse fazer vestibular eu poderia fazer em qualquer época. Preferia antes arrumar um emprego. A velhinha pensou um pouco e falou: "É importante a mulher não depender do marido...". Assim, Pedro. Numa boa. Como se já aceitasse o fato: a neta quer casar? Que case. Mas arrume um emprego. Nada da histeria de mamãe, da chatice hipócrita de papai, do exibicionismo fora de hora da titia...

Eles não decidiram nada ontem, Pedro. Porque também nem poderiam. Mamãe só repetia que sou menor de idade, e sem autorização não posso casar. Não insisti. Lembra que a gente até brincou sobre o assunto? Se não querem que casemos, tudo bem. A cerimônia religiosa pode sair, não depende das leis. E basta. Vamos ser marido e mulher depois de dançar um rock, e danem-se as leis do governo...

Nem preciso dizer como foi difícil dormir ontem, aguentar. Quase que dá pra ter dó deles, Pedro. Daqueles conselhos: "Daqui a vinte anos, você vai se arrepender... quem casa cedo não fica feliz...". Dane-se. Eu lá sei como vou estar daqui a vinte anos? Se vou estar viva? Ou se não vou, na verdade, é me arrepender de não tentar? Aquilo que combinamos, Pedro: de a gente poder dormir juntos, acordar de manhã cedo, tomar um café... planejar o que fazer... eu ir com você preparar show *de* rock*, ou no seu programa do rádio,* *curtirmos juntos um som diferente... é uma opção egoísta? Só pra nós dois? É uma coisa muito "adolescente"? E daí?*

Então é isso, Pedro. Escrevi tanto, desabafei tanto... Estou terminando agora de manhã. Mamãe ainda está dormindo, vi que ontem ela tomou um calmante. Deu pra telefonar agora, rapidinho, pra Kátia. Pedi que ela levasse esta carta até você. Talvez daqui a pouco nós possamos nos ver. Talvez a bobagem de ontem tenha enfiado algum juízo em mamãe (duvido!). Talvez eu vá pra escola, não sei. Ou vire a prisioneira-do-quarto por mais algum tempo.

O que eu sei, Pedro querido, é que eu te amo. Casar com você (no civil, religioso, metaleiro ou budista) é o que importa. Vale o nosso sentimento, nossa vontade de vivermos juntos. Se eles, os adultos, os "parentes", quiserem cooperar, okay. *Se não quiserem, azar deles.*

A vida é nossa. E quem é jovem tem todo o direito de ser dono da própria vida.

Um beijo-beijo-beijo.

Bete.

Força jovem

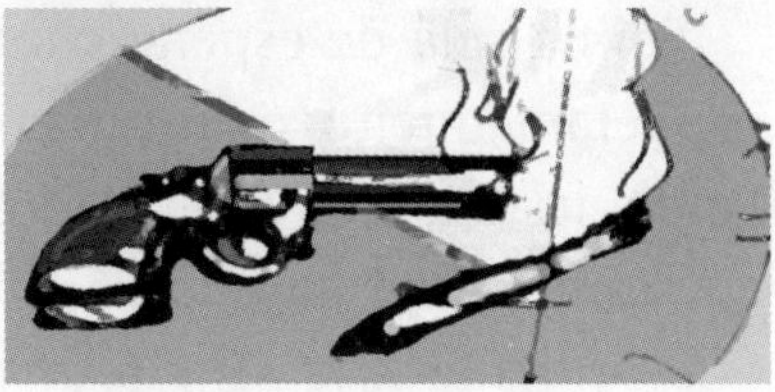

– Um tiro! Depressa...

– Aaaai, o que foi? Paulo, onde está o Paulo?

– Polícia... baleado no carro...

Choro, passos apressados, a voz da mãe vindo alta, gritos de seu Heitor e pancadas na porta. No meio desse pesadelo, Carolina foi despertando. Olhou o relógio de cabeceira: duas e meia. Da madrugada.

– Carolina... anda, menina! Depressa! – gritava dona Maria, com seu sotaque lusitano.

Carolina abriu a porta e encarou uma mãe ainda de camisola, despenteada, chorando e tentando falar. Os soluços não deixavam.

– Mãe, o que foi?

– O seu irmão. Foi baleado.

– Baleado? Mas como...?

Seu Heitor já havia descido de elevador com os colegas de Paulo, que tinham vindo avisar. Carolina vestiu um *jeans* e enfiou uma camiseta; nem esperou pela mãe.

Ainda viu o irmão. Deitado no banco de trás de um fusca. Paulo estava pálido demais, olhos avermelhados. A grande mancha vermelha em sua barriga mostrava a Carol que aquilo não era pesadelo: era real.

– PAULO! Pai, o que foi...

Um transtornado seu Heitor gritava com os amigos de Paulo, agitava os braços, tremia...

– Por que vocês não levaram ele num hospital, ô raios? Depressa pro Hospital das Clínicas, anda... eu dirijo... – Rapidamente, seu Heitor se fez motorista, o carro partiu em velocidade.

Carolina guardava a imagem do rosto sofrido do irmão indo embora.

E, sem saber como, ela se viu ao lado da mãe, ambas enfiadas num táxi junto com dois outros colegas de Paulo, também indo ao hospital.

Foi na sala de espera, chorando mansinho, que mãe e filha souberam direito o que havia acontecido. Otávio, colega de Paulo, ia falando, enquanto olhava as próprias mãos trêmulas, apertando uma na outra.

— A gente tava saindo de uma lanchonete, perto do edifício onde vocês moram. Tínhamos tomado umas cervejas, conversado... A porta da lanchonete já estava fechada. Aí apareceu o carro da polícia. Os caras já vinham de arma na mão... Queriam saber da droga. A gente falou que não tinha droga nenhuma. Eles encostaram a gente na parede, deram um tapa no Afonso, gritavam, diziam que conheciam muito bem a gente, que a gente era traficante... O Paulo tentou dizer que morava perto, que era estudante... Deram um murro nele, e ele, sei lá, fez um gesto... Acho que ameaçou... Atiraram nele.

A voz de Otávio vinha rouca, as palavras em tom baixo. Carolina encarava a parede branca à sua frente, via o irmão caindo, segurando a barriga com as mãos... Estava há uma hora na mesa de operações. Otávio ficou quieto. Era o único que estava com Carolina e dona Maria, os outros três colegas e seu Heitor tinham ido à delegacia.

— Que desgraça... por que Deus foi fazer uma coisa dessas com ele? — falou dona Maria, enxugando os olhos.

— Deus não tem nada com isso, mãe. É coisa dos homens mesmo... — disse Carolina, com uma raiva tão grande que ela mesma se surpreendeu.

Uma enfermeira atendia ao telefone. Outra moça, sonolenta, fazia um acidentado preencher ficha. O homem tinha sangue pelo rosto, mancava de uma perna, devia estar sofrendo. E ficava lá, respondendo: "39 anos". "Casado." "CPF número..." De novo, as lágrimas vieram aos olhos de Carol, lágrimas de vergonha, misturadas à sensação terrível de se imaginar brasileira, de ver diante de si aquela burocracia cínica... A garota que anotava os dados parecia nem ter pena do homem, ou já estava acostumada com desgraça? Não havia muito de grotesco, de infernal na insensibilidade? O irmão, sendo operado. Estaria vivo? O que estariam fazendo com o Paulo?

Carolina mordeu os lábios, encostou a cabeça na parede, sentiu como se houvesse um complô. Polícia-hospital-burocracia-morte. E, no fim desse caminho, o corpo gelado do irmão, numa mesa de necrotério...

Ela afastou a ideia tétrica levantando-se do banco, andando ao acaso pela sala. O tempo não passava! A madrugada parecia ter dobrado de duração; a noite vista pela janela parecia nunca acabar.

— Carolina. — Uma voz conhecida.

Era Newton. Atrás dele, os rostos de Kátia, Bete e Carlos. Newton abraçou Carolina, que voltou a chorar. Dessa vez manso, suave. Deixou as lágrimas molharem a camisa do rapaz que amava, o único com quem queria dividir aquele desespero.

— A gente veio assim que ficou sabendo — falou Carlos. — Como está o Paulo?

— Não sabemos. Levaram ele pra sala de operação, e depois... nada — Carolina explicou.

— Seu pai me ligou da delegacia — falou Newton.

— Parece que a versão da polícia é outra... Que o Paulo e os colegas estavam fumando maconha, que reagiram...

— Isso é bobagem! — gritou Otávio, ficando de pé. — A gente só tomou cerveja.

— Os policiais mostraram um pacote de maconha pro delegado — continuou Newton.

— Eles arrumaram isso! Claro, querem se limpar... Um deles atirou no Paulo assim, à queima-roupa. Depois eles conversaram lá entre eles, foram embora depressa... Nós enfiamos o Paulo no carro e...

— Por que vocês não foram diretamente a um hospital? —

gritou Carolina. — Por que passaram em casa, com o Paulo perdendo sangue? Vocês não tiveram cabeça para...

— Na hora a gente não lembrou! — gritou Otávio, nervosíssimo. — O que você queria? Na hora... Na hora... Quem sabe o seu Heitor ajudava mais... A gente não tava com drogas, a gente...

Otávio começou a chorar alto.

— E mesmo se a gente tivesse com alguma coisa — ele falou, entre soluços. — Você acha que a gente ia deixar um amigo morrer?

Newton apertou os ombros de Carolina com mais força.

— Isso não importa, não importa! — exclamou Carlos. — O Paulo estava desarmado... Um tiro à queima-roupa... Isso é abuso da polícia, é crime! A gente tem de denunciar os policiais, esse caso não pode ficar assim!

Dona Maria chorava mais alto; os rostos de todos pareciam mais pálidos e tristes. Como se uma sombra tivesse baixado sobre eles, e nada pudesse ser feito, senão esperar.

Quando uma luz avermelhada começava a aparecer pela janela, trazendo a manhã, o médico apareceu na sala. Rosto sério e impenetrável, o médico de cabelo grisalho e óculos grossos perguntou sobre os "parentes do rapaz baleado". Carol se soltou do abraço de Newton e se encostou à mãe.

— A bala perfurou o intestino; foi uma operação demorada. Ele perdeu muito sangue. Está na UTI...

— Ele vai se salvar, doutor?

Os olhos azulados do médico pousaram sobre a garota. Carolina pressionou o ombro da mãe com força...

— As chances são boas. É um rapaz forte, saudável. Se não surgir infecção... Em vinte e quatro horas teremos um quadro mais estável.

— Doutor... — falou Newton — eu poderia doar sangue para o Paulo? Eu, quem mais? — Newton olhou em volta de si. Carlos, Bete e Kátia faziam gesto afirmativo com a cabeça.

— Venham comigo.

— Eu também quero doar sangue — disse Carol. — Mamãe, a senhora espera aqui?

Durante a manhã, foi havendo um "revezamento" de amigos. Kátia e Bete voltaram ao prédio; Carlos e Newton preferiram continuar no hospital. Débora e sua mãe Míriam chegaram pela hora do almoço e também se fizeram doadoras de sangue. Seu Heitor chegou no começo da tarde.

— Pra polícia, o Paulo reagiu. Ameaçou o policial. O guarda não sabia que ele estava desarmado, atirou — falou seu Heitor, jogando-se sobre uma cadeira.

— Isso não é verdade, pai!

— Pra polícia é, Carolina. Queira Deus que esse menino escape ...

Às três da tarde, o médico voltou a procurar a família. Dessa vez, com rosto menos sisudo. Paulo havia saído da UTI, podia receber visitas. Estava a salvo pelo menos por enquanto.

— Apenas a família — falou o médico, quando o grupo todo quis acompanhar Carolina e os pais.

Paulo estava muito branco, no meio de lençóis brancos. O soro preso no braço, uma tentativa de sorriso nos lábios.

— Paulo... — disse Carol, segurando de leve na mão do rapaz. — O que foi que aconteceu, Paulo? — Ela nunca havia falado o nome do irmão com tanta doçura.

— Foi uma loucura. Atiraram em mim... o policial...

— É melhor que você não fale muito — disse uma enfermeira velhota, que acompanhava a visita. — É melhor que fique aqui só uma pessoa. E a senhora precisa trazer pijama, roupa de cama e mais...

A enfermeira falava um monte de objetos a serem trazidos, mas falava para o vazio, porque dona Maria só tinha olhos para o filho deitado. Foi Carol que acabou dizendo que "ia providenciar". Deixaram a mãe no quarto; pai e filha voltaram à portaria do hospital.

— Ele está bem — disse Carol para os amigos. — Eu tenho de ir até o prédio buscar pijama, toalha.

A turma voltou com Carol até o edifício. Subiram com ela ao apartamento vazio. Bete, Carlos, Kátia, Débora, Regina, Rosane. Espalhados pelos sofás do silencioso apartamento dos pais de Carolina.

— Mas isso é um absurdo — falou Carlos, quebrando o silêncio. — A polícia atira num cara desarmado e ainda fala que ele é o culpado! Mesmo que eles estivessem com alguma coisa, continuavam desarmados! Como se pode denunciar isso?

— É a gente que pode mudar isso, Carlos. A voz decidida de Carolina espantou a turma. — Eu pensei muito, nessa noite... no descaso com as pessoas, na impunidade policial... Até na imprensa. Porque se o Paulo morresse, aí ia aparecer uma notinha no jornal, "policial mata rapaz" e pronto. Talvez a gente conseguisse uma matéria um pouco maior, e depois, fim. É cidade grande, tanta gente morre todo dia, não é mesmo? Mais um, menos um, tanto faz. É esse cinismo, isso... isso que é absurdo. O que está acontecendo com as pessoas? Com o Brasil? Ninguém faz nada, todo mundo acha que é assim mesmo, que não adianta fazer nada... Eu não sei o que a gente pode fazer, mas é a gente, que é jovem, que tem de dar um basta nisso.

Carolina terminou de falar e suspirou. Fazer, fazer o quê? Partido político, abaixo-assinado, denúncia? Tantas ideias passavam por sua cabeça.

— O que eu sei, gente, é que não podemos continuar com este Brasil do jeito que está. — Carolina abaixou a cabeça. — Mas este é um país de jovens. E nós vamos mudar esta terra.

O grupo, devagar, foi acompanhando Carol, pensando em sugestões, em se mostrar uma força, em usar o voto como arma, em participar mais... E saíram dali com a certeza de que não deixariam impune a violência policial. A corrupção. O cinismo.

Love-love-love

Uma noite quente, daquelas noites abafadas mesmo. No céu, clarões amarelados riscavam as nuvens, indicando talvez uma chuva, uma doce chuva de verão, pra refrescar.

Quem não esperava a chuva e se refrescava antes disso eram Kátia e Jadde. As duas tomavam sorvete no jardim do edifício, pernas de fora no *short* e camiseta de alça. Mesmo assim, com muito calor. Carlos apareceu na portaria, veio subindo a ladeira do edifício.

– Pronto! Quanto você aposta que ele vai implicar comigo?

– Ah, Kátia! Eu não entendo essa sua birra com o Carlos. Ele é tão bonitinho, tão legal...

Pra azar da ruiva, Carlos realmente implicou. Foi ver as garotas, deu um risinho irônico:

– Eeeeeeeh, vida mansa a da burguesia: a campanha da eleição para presidente está esquentando e vocês não querem saber de nada na vida, hem?

– Eu nem voto – falou Kátia, encolhendo os ombros e dando uma lambida grande no sorvete, daquelas lambidas "redondas", dando a volta com a língua por todo o chocolate do sorvete. – É optativo antes dos dezoito.

– Você não se interessa por nada, né, Kátia? O mundo pode acabar e pra você tudo bem.

– Escute aqui, seu metido politiqueiro: que eu saiba, eleição pra presidente não vai fazer o mundo acabar. E eu acho esses candidatos que estão aí uns babacas.

– Quê isso! O PT...

– Olha, de PT e PV e SEI-LÁ-QUE-PÊ eu não sei e nem estou a fim de saber.

Kátia se ergueu do banco. Aproximou o sorvete do rosto de Carlos, sorriu com sensualidade. Deu outra lambida no sorvete. Estava bem perto do rosto do rapaz. Bem perto, Carlos sentia o perfume da pele da garota; não conseguia afastar seus olhos dos dela. Respirou fundo, ficou com raiva. Apertou os lábios.

– Você é uma tonta, mesmo.

– Eu, senhor Carlos? – Kátia jogou fora o palito de sorvete, passou a língua pelos lábios. – Sou? Será que eu é que sou tonta? Ou o tonto aqui é você?

Carlos fechou os olhos por um segundo. O tempo de a raiva e a agitação subirem do peito pra cabeça, irem pra mão. Ele não pensou, foi um gesto automático, agarrou o pulso de Kátia e apertou, apertou com força.

– Por quê? O que você quer que eu faça, hem? Por que fica me... provocando o tempo todo? O que você quer de mim? O que você quer...

Ele torcia o pulso de Kátia; via o seu rosto bonito formar uma careta de dor e foi aquela mistura de sentimentos – "ela me provoca", "ela me excita", "ela se oferece", "eu odeio a Kátia", "a Kátia é burra", "a Kátia é tonta", "a Kátia é bonita"... E tudo, tudo isso explodiu num movimento só – Carlos apertou o corpo da garota contra o seu e deu um beijo naquela boca gelada de sorvete. O beijo, no começo, arrancado. Ele sentia só o frio dos lábios, a pressão dos dentes sob os lábios fechados, e depois de leve Kátia moveu a boca, abriu os lábios pra receber a língua ágil e desesperada do rapaz, enquanto ele sentia que seu corpo desaparecia, inteiramente grudado no dela, suando juntos e se apertando tanto...

Jadde pisou num graveto, lá bem longe, perto dos elevadores. Esse ruído bastou para acabar com a magia.

Tonto, sentindo as gotas de suor e a saliva de Kátia ardendo sobre sua boca, o rapaz se afastou dela. Kátia tinha uma expressão surpresa nos olhos, olhos que pareciam maiores e vazios, como se o mundo tivesse perdido toda sua lógica.

— Você... — Ela passou as mãos por seus lábios, muito de leve. No pulso, a marca avermelhada dos dedos do rapaz.

Ele reparou em tudo isso junto, sentia o coração a mil, a cabeça a mil. Gritou:

— Eu odeio você, entendeu? ODEIO VOCÊ! Você é tudo que eu detesto numa garota. Esse exibicionismo... Esse jeito de ficar provocando os caras, esse... Você não se interessa por nada, você é burra.

— E O QUE VOCÊ TEM COM ISSO? — Os olhos de Kátia tinham diminuído, dominados por lágrimas que brilhavam, mais do que seus olhos claros. — Por que você se incomoda com isso? Você não é meu irmão. Você não é meu pai. Você não é... — ela ia dizer, preferiu sentar de novo no banco e falou baixo — ... meu namorado.

Ele suspirou fundo, esfregou as mãos pelo cabelo num gesto furioso, furioso e triste. Não triste, confuso. Não confuso, dolorido. De pé, ao lado do banco, ele só não entendia aquela excitação, aquele beijo, aquela dor maluca no peito.

— Kátia, Kátia, eu... por que você me provoca tanto, Kátia? Eu não sou de ferro. Eu sou um homem. E você insiste. Parece de propósito. Sempre se esfrega em mim, sempre me procura, sempre...

— Eu não faço tudo isso! É coisa da tua cabeça, você é louco! Esse é o meu jeito, eu sou assim mesmo. — Ela havia se levantado. De novo, tinha ficado tão perto de Carlos que o rapaz podia respirar a respiração dela.

"Aquilo não era de propósito", Kátia pensou. Mas estava agindo assim, quase tocando o corpo dele, quase se encostando nele, e ia apenas dizer que o detestava.

De novo, o beijo. Menos machucado do que da primeira vez. Mas, dessa vez, tão mais intenso... No corpo de um e de outro, a sensação de descarga elétrica passando sei-lá-por-que-magia, como se as veias tivessem se confundido de corpos, e o sangue estivesse sendo bombeado no conjunto todo, no conjunto de dois corpos se abraçando, os corações batendo no mesmo ritmo: forte, intenso, excitado.

Quando os lábios se afastaram, Kátia estava chorando.

— O que foi?

— Eu não sei... — Kátia suspirou, mas as lágrimas continuavam saindo dos olhos. — Não sei o que está acontecendo. Você não gosta de nada do que eu faço. Você implica comigo desde que me lembro de ter te conhecido... Tá sempre dando bronca, sempre irritado, sempre.

— Não era nisso que você estava pensando quando eu te beijei. — Carlos ergueu a mão, no impulso de limpar uma lágrima que havia parado na face da garota. Mas voltou a mão. — Não era nisso.

— Não era, não sei... Não sei o que estou sentindo, Carlos. Eu... nunca me senti assim. Eu... estou triste! Por que você me deixa triste? Por que está tão difícil, tão difícil pra mim, pra você? Pra gente...

— Pra gente, o quê?

O tom de voz dele fez Kátia parar. Era aquele jeito, a necessidade de tudo ter uma lógica, tudo tinha de ser decidido, claro, explicado. E ela ficou com raiva. Aproximou seu rosto do dele, limpou as lágrimas com um gesto, olhou bem dentro dos olhos castanhos de Carlos.

— Por que você não diz que me ama? POR QUE VOCÊ NÃO CONSEGUE DIZER ISSO?

— Porque não é verdade! — ele gritou, quase assustado com a

ideia de que fosse verdade. Como era possível isso, amar Kátia? A tonta da Kátia? A Kátia que nem sabia o que era PT, nem gostava de estudar? A burra da Kátia? A linda da Kátia?

Kátia nem percebeu como fez isso, mas o sorriso que apareceu nos lábios dele a irritou. Sua mão subiu rápida e leve, e quando percebeu, já havia dado um tapa no rosto de Carlos. Afastou o corpo, foi afastando... e saiu correndo.

"O que foi que eu fiz, o que foi que eu fiz, eu bati nele, ele vai me odiar, odiar"... corria.

Estava no *hall* dos elevadores, apertou o botão, não quis esperar, foi para o outro *hall*, elevador de serviço, apertou o botão e também não quis esperar, foi subindo os degraus da escada, primeiro andar, segundo...

Entre o segundo e o terceiro andares, Carlos a alcançou. Segurou nos ombros de Kátia, ela o empurrou com os cotovelos, ele agarrou a sua cintura; ela se mexia com tanta força, ele a puxou pela camiseta, a alça da camiseta arrebentou.

– Carlos! – Kátia gritou, protegendo os seios, que começavam a aparecer quando a alça se rompeu.

– Eu estou louco, Kátia. Eu estou louco... – Ele tentava colocar a alça no lugar, mas estava era apertando o seio de Kátia. No meio dos gestos, os dois pararam. Rosto vermelho dele, inchado dela.

E riram. O riso maluco de quem se achava completamente maluco. Kátia segurando a blusa pra não cair. Carlos sem saber onde colocar as mãos, os dois riam no meio da escada, uma risada que fazia eco. Ouviram um pssssssiu vindo do terceiro andar; foram rindo mais baixo, foram se tocando as mãos. Carlos subiu a mão para o rosto de Kátia, alisou seu rosto. Kátia deu um beijo na mão dele, se abraçaram forte...

– Eu te amo, Kátia. Eu te amo, Kátia. Eu sempre amei você; eu sou uma besta; não sei por que sempre briguei tanto contra isso; eu amo você.

Kátia não precisava dizer. Talvez já tivesse adivinhado, ou

era a capacidade estranha de as mulheres terem suas intuições, mesmo que nem elas consigam falar para o próprio coração o que sentem. A verdade é que Kátia sabia. Mas também essa sua mesma intuição lhe dizia que Carlos era duro, era uma couraça difícil de abrir. Ele com sua lógica, com sua moral, sua dificuldade em se abrir aos sentimentos.

– Pensei que você nunca ia dizer isso, Carlos. Eu também te amo.

Ele apertou o rosto de Kátia entre as mãos, ficou olhando todos os detalhes, mesmo aqueles em que já havia reparado antes: a discreta pinta na testa, a pele macia e rosada, os cílios escuros e longos, o azul-água daqueles olhos grandes, o nariz de beiradas pequenas, agora se movendo na respiração forte da garota.

E deram outro beijo.

E nessa hora, nessa hora do beijo, nem Carlos nem Kátia poderiam saber. Mas as nuvens tinham se aberto, o calor se aliviado com o vento, e começava a cair a chuva forte. Violenta – alívio e delírio. E começaram a cair pingos grandes como pires, pingos grandes – do tamanho do coração de um homem.

Os quatro mosqueteiros

– Eles vão sofrer muito... Você sabe disso, não sabe? – falou Newton, alisando delicadamente o cabelo de Carolina.

A garota suspirou.

– Eu sei.

– Eles vão fazer os *meus* pais sofrerem também.

– Não, Newton. – Carol ajeitou o corpo nas almofadas. – *Você* vai, não os meus pais. Eles podem falar algumas bobagens, é capaz de papai ir... – Tentou sorrir, mas a tristeza transformou o riso numa quase careta. – ...tirar satisfações com seu pai. Podem até discutir. Mas a cobrança mesmo vai pintar sobre você. E olha que você é homem!

– Por quê? Alguma dúvida?

Os dois riram. Carolina abraçou Newton, apertou seu corpo no dele. Ser homem nessas horas facilitava as coisas. Afinal, a fama de "garanhão" é do homem... Qual é o problema, se o cara vai morar com a namorada? Pro homem, tudo bem. É o "comedor". A mulher? A "galinha"...

Foi isso que Newton disse para Carol, com toda sinceridade. Eles iam ouvir muita bobagem, vinda da parte de muita gente, se tomassem a decisão de morar juntos, na república do Newton.

– Se a gente tomar a decisão? Não, Newton. A questão é *quando* a gente vai fazer isso.

Newton segurou no queixo de Carol. Aquele rosto tão conhecido, e tão mudado, agora, desde o dia em que Carolina invadira a república, e eles discutiram e se amaram. E agora se encontravam sempre, sempre juntos...

— É melhor, Newton. O que eu não aguento mais é essa hipocrisia. Fingir que estou na escola, fingir que vou estudar na casa de alguma amiga, fingir que fui ao cinema... e ficar aqui, com você. Eu quero andar na rua sem ter medo, Newton. Medo do meu irmão me ver, de alguém da turma desconfiar, da mamãe descobrir minhas pílulas...

— Você é uma mulherzinha — falou Newton. — Uma jovem mulher.

— Isso é ruim?

— Não, Carol. É bom ver que minha garota está uma mulher. Mas vai ser barra...

— Eu sei. E sei que te amo.

Iam se beijar, ouviram barulho de chave na porta. Carolina se ajeitou, abotoou direito a blusa. Roque entrou na sala: carregava uma montanha de livros nos braços e tinha a carteira entre os dentes. Falou um cuspido oooíf, correu a colocar os livros sobre a mesa e foi dar um beijo em Carol.

— E aí, menina? Quando sai a mudança pra cá?

— Eeeeeh, Roque — disse Newton. — Você fala como se a Carolina tivesse de se mudar amanhã.

— Por mim era hoje. Ela já ficava aqui. Aí... fazíamos uma festa! — Roque estava sentado entre Newton e Carolina; abraçou os dois.

— Uma festa... — Carolina riu. — Vai ser um velório lá em casa!

— Olha, Carol — falou Roque, de repente com expressão séria. — Família é sempre a mesma coisa. A minha, também. Quando eu falei que ia morar fora de casa foi um sufoco. Foi há... — ele pensou um pouco — uns quatro anos. Eu tinha acabado de fazer dezoito. Deu briga, meu pai disse que não ia mais dar dinheiro. O escambau. Depois? A *mamma* visitou o apartamento. Trouxe panela, talheres, toalha... até ajeitou uma faxineira! Hoje a gente se visita na maior.

– Você fala isso porque não conhece minha família. Eles são portugueses.

– Minha mãe não é portuguesa, mas é crente. E acabou aceitando. É uma fase. Eles sofrem, se esgoelam, fazem uma puta chantagem emocional. Depois... se tocam. Filho não foi feito pra ficar na barra da saia da mãe o resto da vida.

– Tomara que você tenha razão – disse Carolina, erguendo-se dentre as almofadas. Olhou no relógio. – Eu preciso ir, Newton. Falei pra minha mãe que voltava na hora da janta. Estou... estudando na casa da Ruth. Dá pra aguentar? São essas mentiras que matam...

– Mentiras que matam... – gozou Roque, inventando uma música brega. – São mentiras que matam seus pais... mentiras que matam... – E pegou na cintura de Carolina, inventando um tango-valsa pela sala.

Carolina riu, dançou. Depois segurou forte no braço de Roque. Gostava daquele jeito brincalhão do amigo do Newton. E também do outro rapaz, que dividia o apartamento de três quartos: Maurício. Um estranho trio: Newton, mais sério e compenetrado. Roque, animado e festeiro, adorava virar a madrugada em baile ou *show*. Tinha uma superenergia, namorava a Clara e também curtia outras namoradas. Maurício era uma espécie de mais-ou-menos entre os dois. Nem tão alegre como Roque – mas também bem-humorado. Não tão sério como Newton – mas também estudioso. E agora... o quarto "mosqueteiro", Carolina, pra fazer parte daquela república de "Três-mosqueteiros-Que-Eram-Quatro".

– Vou indo... Se der, Newton, eu venho amanhã, OK? – Os dois se beijaram, um longo beijo. – Tchau – Carolina falou para Roque.

Saiu do prédio, desceu os três lances de escada. Um edifício simples, sem elevador e sem garagem. Por isso, o aluguel mais barato.

Carolina fez sinal para o ônibus, surpreendentemente vazio para um final de tarde. Sentou sozinha na poltrona, à janela, e foi observando a rua. Se estava decidida, por que aquela sensação dolorida no corpo? Por que o arrepio na nuca, quando imaginava a expressão do rosto da mãe? Ah, pobre dona Maria, tão religiosa e simples... pra ela, o que Carolina pretendia fazer seria... o quê? Na sua pequena cidade portuguesa existiriam moças que saíam de casa pra morar com o namorado? "Por que não casa com ele, menina? Faz uma festa simples, o padre só abençoa..." Carolina sabia, a mãe ia ficar tão magoada!

Uma mulher subiu no ônibus. Trazia um garoto pela mão. Ia falando alto, empurrando o menino pelo corredor.

— Ricardinho, senta aí! Senta aí, mais na frente. Não se encoste nesse banco, Ricardinho! Não vê que está sujo? Senta aí, aí. Nunca mais te levo na casa da titia, Ricardinho. Que feio, você comeu todo o doce! Nem dividiu com o seu primo. Quando chegar em casa, vou contar pro seu pai. Vai ver a surra que ele vai dar, Ricardinho!

A mulher falava, falava... não com o filho; falava com o ônibus inteiro... com o mundo? O mundo precisava saber que o Ricardinho era um monstro devorador de doce. E o pobre se encolhia, sem olhar pra nada, a não ser a ponta de seus sapatos.

Carolina desviou o rosto da mulher e da criança. Uma cena assim nunca acontecera com ela. E só não acontecera porque a mãe era do gênero "a vítima sou eu". Qualquer problema e lá estava dona Maria com as lágrimas nos olhos, as mãos agarradas no avental ou lenço, soltando um monte de "ai-Jesus" ou "Santa Maria"... e vinha o pai, falando alto: "Viu o que tu fizeste com a pobre da tua mãe, criatura má?".

E Carolina pôde antecipar a cena, tudo. Olhando pelo vidro do ônibus, olhando as pessoas apressadas, ela sabia o que ia acontecer. E seria agora, no jantar. Tinha de ser naquela noite.

Esperaria a mãe trazer as várias travessas de comida. Esperaria o pai se ajeitar na poltrona maior, depois de ter ligado a tevê no noticiário. Esperaria que o irmão se antecipasse, devorando o pão com azeite antes de a mãe sentar. Aí a mãe ia fazer a oração. Aí eles iriam jantar e...

Carolina ia se levantar e desligar a tevê. Voltar a sentar, enfrentando os olhares curiosos.

— Pai... mãe... irmão. Eu preciso contar uma coisa a vocês. Uma decisão minha.

A mãe, talvez antecipando desgraça, já ia agarrar o guardanapo e seus olhos chorões talvez até começassem a ficar vermelhos. E Carol primeiro iria falar que ia se mudar. Que queria trabalhar, pretendia sair de casa. Era uma decisão tomada. Não estava mais indo à escola; já havia repetido por faltas. E não podia mais aguentar aquilo: ficar mentindo e se escondendo.

— Mas menina... tu vais morar sozinha? Arrumar trabalho? Como... — O pai poderia perguntar isso.

E o irmão, esperto na vida, talvez até simplificasse as coisas:

— Você vai morar com aquele canalha do teu namorado, não é?

— Vou morar com o Newton, sim. Mas ele não é nenhum canalha. — Carolina, no ônibus, falou a frase em voz alta. Até se assustou com as próprias palavras. Olhou em volta de si... ninguém havia reparado nela.

Desceu do ônibus, andou as duas quadras que a separavam do prédio. O que a turma ia dizer, depois da sua mudança? Alguns talvez entendessem. Talvez a Kátia até falasse "fez muito bem". A Rosane podia ficar com raiva dela, como se a Carol pudesse ter "roubado" o seu irmão Newton.

Não havia ninguém conhecido na portaria do prédio. Carol andou depressa até os elevadores. Subiu sozinha até o seu andar. Tocou a campainha. Era ridículo, mas nem chave própria tinha. Nem essa pequena independência os pais achavam que podiam lhe dar...

— Boa noite, menina. — A mãe deu um beijo no rosto da filha. — Tudo bem nos teus estudos?

— Hum-hum. — Carolina foi depressa ao quarto. Ah! se pudesse evitar a mãe, até a hora do jantar! Se pudesse controlar o coração agitado, se pudesse evitar que suas mãos tremessem...

No quarto, abriu a escrivaninha e pegou a foto: ela e Newton sorriam, abraçados. Foto de começo de namoro, de quando Newton ainda usava óculos e não lentes de contato, como agora. Os dois tão apaixonados... Estavam ainda apaixonados? Carolina tinha certeza, sim. De um jeito diferente, tinham amadurecido. Beijou a foto. E, devagar, foi acalmando o coração. Era o que queria fazer. *Tinha* de fazer.

Ouviu vozes na sala; percebeu que o pai havia chegado. O irmão já estava ali, mas no banho. Dali a alguns minutos, poucos minutos, o jantar.

— Carolina, está pronto. — A mãe bateu na porta do quarto.

Carolina se ergueu da cadeira, foi até a sala de jantar e sentou no lugar de sempre. O pai já havia colocado os chinelos e, sem dizer boa noite para ela, ligou a tevê. Distraído como sempre. A mãe ia e vinha com as travessas, evitando passar na frente do aparelho. O irmão chegou apressado, falou "oi" e depressa começou a comer o pão. Tudo tão familiar... tudo tão "bem"? Carolina sorriu. Sabia que não.

E foi a mãe sentar e dizer suas poucas palavras de reza. Foi o pai pegar nos talheres, o irmão limpar a boca no guardanapo...

Carolina se ergueu e desligou a tevê.

— Pai... mãe... irmão. Eu preciso contar uma coisa a vocês. Uma decisão minha. — Suspirou fundo. Agora ia até o fim. E, conforme foi falando, sentia que as mãos não tremiam mais. E o coração ganhava o ritmo certo, de quando uma decisão muito importante foi tomada. Definitivamente, na vida. "Sair de casa"... quando Carol falou isso, falou sorrindo. "Sou uma mulher", pensou. Uma mulher que, enfrentava tudo... pra quê?

— Pra ser livre — disse Carolina, olhando fixamente o pai.

E, pela primeira vez em tantos anos, seu Heitor desviou o olhar do rosto da filha.

Paixões em família

Era uma casa grande, numa colina. Branca, ofuscava a vista. Débora ia lentamente se aproximando dela, sentindo um calor diferente pelo corpo... A casa depressa se aproximou. Débora se viu subindo a escadaria, abrindo a porta. Lá dentro, uma multidão, todas as pessoas de costas para a porta. Havia um casal ajoelhado diante de um padre. Débora ficou olhando, o padre falava, mas a garota não ouvia as suas palavras. De repente, ela soube quem era a noiva. E gritou: MÍRIAM! – porque era sua mãe, Míriam, a noiva. Todos os rostos se voltaram para a porta. O noivo era o Alfredo, e ele ria, gargalhava, uma risada má... e, para horror de Débora, o rosto da mãe não era o rosto da mãe. Era o de uma boneca de plástico...

Débora acordou, suada. O coração se agitava, a imagem do rosto da boneca lhe parecia estranhamente mórbida... "Só um pesadelo", falou, sentando na cama, olhando pelo quarto conhecido, reparando que as persianas filtravam pouca luz. Devia ser bem cedo, ainda madrugada.

Foi ao banheiro, jogou água no rosto. Sonhar com o casamento da mãe... Bem, isso era uma possibilidade. Afinal, Míriam não vinha saindo com Alfredo havia meses? Os dois não eram mesmo divorciados, adultos?

Débora lembrou da briga terrível que tivera com Wilson, o filho adolescente de Alfredo. E depois...

"O tempo foi ajeitando as coisas", ela resmungou, voltando

para a cama. O relógio marcava cinco e quinze. Deitou de barriga para cima, ficou olhando o teto. Era como se passasse um "filme" no teto, como se a garota pudesse ir vendo passagens de sua vida, rostos de gente e conversas: o jeito carinhoso com que Alfredo entregou o primeiro buquê de flores a Míriam. O tom de voz de Wilson, quando pediu desculpas – os dois haviam discutido por causa de um passeio. A longa conversa telefônica entre Míriam e o pai, Vlado, ele morando em Salvador e recebendo a notícia do "namoro" da ex-esposa. O modo carinhoso da amiga Kátia de pegar na sua mão com suavidade e ouvir todas as dúvidas dela, sobre amor, família...

Kátia, procurar Kátia. Mas sabia que agora seria diferente encontrar na amiga uma confidente tão disposta. A Kátia também andava em parafuso, desde que ela e Carlos começaram a namorar. Às vezes estava rindo no pátio. E às vezes a turma via o jeito cão e gato com que Carlos a tratava e vice-versa. Ah, quantas ideias pela cabeça...

Conclusão: Débora ficou em claro até as dez para as sete, hora em que o despertador tocava, chamando para a escola.

Quando chegou à cozinha, Míriam já havia arrumado a mesa e estava pronta para ir trabalhar.

– Bom dia, filha... dormiu bem?

Débora bocejou antes de responder. Míriam sentou-se à mesa, segurou a mão da filha.

– Débora, eu... tenho uma coisa para lhe dizer.

O sono sumiu. Débora sentiu o coração bater no mesmo ritmo-*rock* de antes, o mesmo horror da hora do sonho. E ela falou, puxando discretamente a mão de entre os dedos da mão de Míriam:

– Mãe... não me diga que você vai casar!

Rosto intenso – de mãe e de filha. Míriam ficou vermelha, mordeu os lábios, suspirou fundo... Tudo isso só confirmou o pânico em Débora. E, quando Míriam começou a falar, Débora teve certeza.

– Bem, Débora... eu e o Alfredo já saímos tantas vezes! Não somos crianças e...

— Mas vão casar, casar *mesmo*? De morar junto e tudo?

— E por que não, Débora? O que impede a gente de fazer isso?

"Eu impeço", pensava Débora. "Não vou deixar, não quero...", mas tentou achar outros modos de dizer — e fazer isso — sem passar por egoísta.

— Mas e o apartamento, mãe? Como é que a gente vai morar aqui? Vou dividir meu quarto com aquele bestalhão do Wilson? Olha essa cozinha. Vai dar para quatro pessoas? — Débora tinha se levantado e apontava as paredes, indo e vindo.

— Débora, você não está se preocupando com bobagens? Afinal, a gente pode se mudar e...

— SAIR de casa? DESTA casa? Eu AMO este lugar, mãe! Eu tenho a minha turma no prédio, eu tenho minhas amigas... Ah, eu não saio daqui, não. Não e não.

Débora correu da cozinha, sentou-se no sofá, apertando os joelhos, numa pose de criança. Míriam veio atrás dela, logo depois. Pegou bolsa, casaco.

— Débora, é melhor você terminar de se vestir e ir para a escola, senão perde a aula. A gente conversa melhor hoje à noite, está bem?

Míriam saiu. Mostrava à filha que estava zangada, talvez triste... Ah, esse bicho-fera por dentro de Débora, esse pavor de perder a mãe para um outro marido... e também a tristeza: ela não queria ser egoísta, queria ver a mãe feliz. "Por que tudo tem de ser tão contraditório, tão difícil de se tomar decisões?", pensava.

Foi um zumbi-Débora que pôs o sapato, penteou o cabelo e pegou a pasta. A escola era perto, dois quarteirões. Foi como zumbi que ela caminhou pelas ruas. Nem sequer pensava sobre o casamento da mãe, a possibilidade de ganhar um irmão até mais velho que ela. Havia um poço, um poço de sensações ruins no seu peito. E ele latejava, a cada passo: "Estou triste, estou triste...".

Viu a amiga Clarice na porta do colégio. Ela fazia gestos para que Débora se apressasse, apontava o relógio. "Dane-se", pensou Débora. Continuou no seu passo vagaroso, deu dois beijinhos no rosto da amiga no instante em que o sinal estridente tocou.

– Vem logo, Débora, senão a gente acaba ficando com falta...

– Entra você. Eu não vou assistir à aula.

– O que houve? – Clarice apertou forte o braço da amiga. – Você está doente?

– Doente de tristeza – falou Débora, suspirando fundo.

As duas acabaram ficando pelo pátio, sob olhares discretos das faxineiras. Débora apertava o material no colo, Clarice roía uma unha, ansiosa por saber que "tristezas" seriam aquelas, tão grandes e sérias, na vida da amiga.

– Você já imaginou, Clarice? Eu estou com dezesseis anos... e de repente me acham um irmão de dezoito? Vê se pode!

– O Wilson é bem bonitinho... ele é legal, Débora.

– Além de tudo, ele precisava estudar aqui, na mesma escola?! O tempo todo eu topo com ele!

– Ah, Débora... você até não deu umas paqueradas nele, no começo do ano? Quando ele apareceu na escola, bem que falou que o Wilson era bonitinho...

– E agora vai ser meu irmão!

Apareceram duas garotas, da mesma classe. Uma tinha olheiras, apertava um lenço nas mãos... a outra segurava no seu braço, atenta. Débora podia estar enfiada em seus problemas, mas a comparação era inevitável: parecia o espelho. Uma adolescente na fossa e uma amiga consoladora. Débora detestava esse tipo de ajuda e, olha só, ia repetir a cena...

– Clarice, sei lá. Eu ando confusa, é isso.

– Bom, meus pais se dão superbem e tal. Mas juro que ia ser um barato, de repente, eu ter um gatão pela casa. Nem que fosse como amigo, hem? Mas ele ia trazer *outros* amigos... dava para paquerar...

Débora começava a ficar com raiva da Clarice, do modo superficial com que a outra parecia tratar seus problemas. E sua raiva aumentou quando se lembrou da fama de fofoqueira de Clarice. Logo, toda a escola ia saber do novo casamento de Míriam, da forçada "irmandade" entre Débora e Wilson...

— Eu vou entrar na segunda aula. — Débora se ergueu de repente, ao ouvir o sinal foi rápido para o segundo andar, procurou sua carteira, sentou-se.

A aula seguinte era de História. O professor falava sobre Idade Média, sobre a peste negra, a fome extrema dos camponeses... "Estavam bem piores do que eu", Débora pensou. E pensou também que era um triste consolo fazer concurso de desgraça... desgraça não, até que ponto morrer de fome podia ser comparado a ver a felicidade da mãe? E que egoísmo era aquele seu e aaaaaaaah! Débora "gritou" consigo mesma, em pensamento. E tentou prestar atenção na aula.

— Quando se fala de Idade Média, é comum vocês imaginarem as rainhas e princesas, lindas, nos castelos... mas quem não era nobre vivia em uma miséria às vezes inumana — falava o "fessor" Homero. — Eu, por exemplo, adoraria ser aristocrata inglês no século XIX. Mas podem crer que odiaria ser operário inglês no século XIX...

Alguns alunos riram do comentário; Débora esboçou um sorriso. O Homero continuou o papo, falou em "relativizar". É, talvez o que Débora precisasse fazer fosse isso: relativizar. O que poderia ser bom — ou mau — no casamento da mãe?

No caderno, Débora foi enumerando: MAU: dividir casa — mudar de casa — morar mais longe da turma — aturar conversa chata com Alfredo e Wilson — não achou mais coisas. Colocou, então: BOM (pensou por longos segundos...): ver Míriam feliz — conhecer garotos amigos do Wilson — morar numa casa maior (aí ela grifou *bem* maior) — se for casa, exigir um cachorro — se for casa grande, ter um quarto legal — se não vendessem o apartamento, quem sabe mudar para lá, sozinha, se a experiência não fosse boa. E de "se" em "se", acabaram as aulas de História e de Geometria.

Os dois quarteirões do retorno foram menos doloridos. Os "ses" e os "podia comprar isso, mudar aquilo" se acrescentavam, como deliciosas coisas e possibilidades novas. Na portaria do edifício, topou com dona Maria.

– Bom dia, dona Maria.

A mãe de Carolina afastou uma imaginária lágrima dos olhos, se pôs à frente de Débora. Apenas responder "bom dia" não era suficiente para a mulher.

– Ah, não há nada bom, menina... tu soubeste, a minha Carolina, a loucura dessa menina... ah, Deus, os filhos.

Dona Maria gesticulava, suspirava. Débora ficou calada. Carolina tinha se mudado para a república do Newton; os dois iam morar juntos. E a mãe dela, desde a mudança, não parava de falar do assunto, ou melhor – da "tragédia".

– Essa juventude é mesmo perdida! Não se sabe o que essa juventude ainda pode fazer para magoar os pais...

Débora se encheu.

– Ô, dona Maria... que é isso. A senhora tem mais é de relativizar as coisas. Vai ver a Carol está feliz.

– Feliz! – Dona Maria fez uma expressão tão surpresa, como se Débora tivesse dito um palavrão. – De que jeito pode ser feliz se...

Débora cortou a conversa.

– É tudo uma questão de ponto de vista. Pense nisso, dona Maria. E com licença.

Débora seguiu depressa para os elevadores; subiu os andares sorrindo para si mesma. "*Relativizar*, ah, que coisa...", ia ter muito que conversar com Míriam. Muito mesmo. Tentar segurar o próprio coração traiçoeiro. Brigar por seu espaço, mas talvez – "Ufa, como isso parece difícil!", pensou. Entender também a felicidade da mãe. Que ela precisava do Alfredo. Que tinha um filho chamado Wilson, que ia ser um "irmão" postiço, que tinha um pai Vlado em Salvador, que era casado com a Sílvia, que tinha uma filha chamada Tatá.

– Essa minha família é uma bagunça! – falou Débora, abrindo a porta do apartamento, chacoalhando a cabeça. E quase sorrindo.

Explosão de desejo

A ex-gorda Wilma estava comemorando vinte aninhos e com tudo a que tinha direito. Grana da família, ajeitou a festa na superbadalada danceteria *UAU!*, e só de convites tinha distribuído mais de duzentos. Uau! Agora eu sei por que esse lugar se chama assim – falou Regina pra namorada do Carlos, a Kátia.

– É, é bonito – disse Kátia, desinteressada.

– Pô, Kátia! Você sempre amou danceteria. Não me diga que o Carlos...

– Iiiiih, Regina. Você conhece o teu irmão. Falou que ir em danceteria quinta à noite era papo de burguesia; só me deixou vir porque tinha gente da turma convidada. E ele mesmo, nem sei se vem...

– Ainda é cedo. O Carlos pode pintar mais tarde.

Quem pintou foi a Wilma, tão faladeira como sempre. Deu um grito exagerado, beijou a bochecha de Kátia, falou que ia ensinar a Regina a dançar lambada e apresentou o primo, Fred, um loiraço com camiseta de surfista.

Regina gelou. Ela amava surfista. Mal o gatão se afastou com a prima, cochichou para Kátia:

– Kátia, esse loiro... é o mesmo que vive dando canja na sorveteria... Faz tempo que eu ando na maior paquera e nada.

– Nada? Ele te deu uma senhora secada...

As duas riram. Uma olhou pra outra, daquele jeito que é pra dar uma força.

– Sabe de uma coisa? Vou ficar com ele. Com a prima chata é que um gato lindo desses não vai ficar, né?

•

Carlos tentava prestar atenção no professor do cursinho. Aula de Biologia, superimportante, mas seu coração e cabeça andavam longe demais. Cinco pras onze no digital. E na cabeça: Kátia-Kátia-Kátia. Ele podia fechar os olhos e ia ver, sentir, quase apalpar – o jeito de Kátia. O modo como Kátia deveria estar dançando, sensual, erguendo os braços e rebolando os quadris, e jogando o cabelo loiro para trás e sorrindo e mexendo o corpo todo, vibrante — loucura...

A maioria dos alunos da sala soltou uma gargalhada, "despertando" Carlos dos pensamentos. Pelo visto, o professor fazia uma piadinha maliciosa, com a genética dos bzinho, Bzão, tzinho, Tzão...

"Que bobagem. Esse panaca só sabe enrolar", ele pensou. Ia até comentar com o colega Raul, mas o Raul também ria. Faltava a meia hora final. Carlos recolheu depressa o material e pediu licença ao professor. A festa de aniversário não saía de sua cabeça. Ia pra lá. Não queria, tinha jurado a si mesmo que não iria, mas não tinha jeito. A raiva, o ciúme eram fortes demais.

•

— Eu já te vi, gatinha... na sorveteria. Não foi?

— Hum-hum. Eu também vi você. — Regina deu seu melhor sorriso.

Era um papo bobo, e o Fred sabia disso.

Aí Regina fez uma pergunta, mas o som superalto não deixava que Fred ouvisse. Ele aproximou mais o corpo. Regina sentiu o coração bater forte quando reparou nos pelinhos loiros que o rapaz tinha no peito — e sentiu seu peito tão próximo dela.

— Se eu me chamo mesmo Fred? — ele repetiu.

Regina fez hum-hum com a cabeça.

— Talvez. Talvez. — Aí ele segurou na cintura de Regina, girou com ela devagar, cochichou na orelha da garota: — Eu queria ficar com você. Vamos ficar, hem?

E não deu tempo de Regina responder. Ele deu um beijo suave na ponta da sua orelha, depois assoprou o ar, levinho, e veio ajeitando o rosto da garota até que os lábios de ambos se tocassem, num beijo sabor de mel.

Carlos foi ao ponto de ônibus. Podia ter ido de táxi, com a pressa que estava pra chegar à danceteria, ver Kátia, abraçar e beijá-la. Mas não, não ia dar o braço a torcer. "É só uma festa idiota de uma menina riquinha e chata, que resolveu esnobar todo mundo gastando uma tremenda grana pra fazer o aniversário num lugar da moda", pensou. E subiu no ônibus.

Pagou a passagem e sentou. Pouca gente nos bancos. Gente de cara triste, cansada... Uma negra segurava um bebê sonolento no colo. A cena tocou Carlos; ele se impressionava com gente pobre, talvez tão sofrida, e outra imagem cortou seu pensamento como um *flash*, um dolorido *flash*: ver Kátia dançando, na sua sensualidade gritante, seu rosto lindo e de expressão tola.

"Tola-tola-tola..." e linda. Ah, essa dúvida dentro do peito. Por que se apaixonar pela Kátia, a linda e desinformada Kátia?

Um grupo alegre subiu no ônibus, falando alto e rindo. Pelo jeito e pela roupa, deveriam ir à danceteria. Uma moça de cabelo curto e cheio de gel era a mais escandalosa. Pegava no braço de um rapaz, fingia dar beijo num outro, rebolou até o fim do corredor e sentou no banco alto perto do motorista. Suas coxas bem-feitas chamavam a atenção de todos.

Carlos ficou irritado. Era como se aquela fosse a Kátia. A mesma Kátia que ele se acostumara a ver no edifício, brincando e jogando charme, provocando e fugindo. E amando...? Agora, de verdade, ela estaria apaixonada por ele, Carlos? Até que ponto?

Carlos fechou os olhos, num rápido instante. E gostaria de não ouvir, de não ouvir mesmo, as risadas da garota de coxas bonitas.

•

— Ei! A irmã do Carlos não perdeu tempo, hem? — falou Bete, cumprimentando Kátia e apontando pra Regina, que ia firme no seu amasso com Fred.

— Ela queria mesmo ficar com ele numa festa.

— Então conseguiu. — Bete apertou o braço de Pedro, *superdark* na festa. Até a capa negra era nova, e brilhava tanto quanto as botas.

— E o casamento de vocês? Vai sair a cerimônia *dark*? — gritou Kátia, enfrentando o som alto.

— A gente tá dando um tempo — gritou Pedro como resposta.

Um som pauleira e genial. Pedro segurou no braço da Bete e os dois foram dançar.

— Venha, Kátia! — Bete puxou a loira pela mão. Ela parou um minuto, olhou em volta...

Mil caras novas, dançando, suando, rindo... e uma nova-velha namorada do Carlos ainda pensou "ele vai gostar?", e o aperto de mão de Bete veio mais forte e ela foi se misturando a tanta gente e foi sentindo o sangue agitar e foi fechando os olhos e curtindo o ritmo, foi fazendo os gestos aprendidos nas aulas de jazz e foi dançando e ainda ouviu de longe o comentário de Bete: "A Kátia dança legal, né, Pedro?" até se envolver com a música altíssima e o suor de tantos corpos próximos ao seu.

Fred respirou fundo na orelha de Regina, ela afastou um pouco o rosto do dele. O olhar de Fred era malicioso, intenso. Ele passou a língua pelos lábios, fez Regina rir da sua exagerada cara de sedutor. Ele se apertou mais ao corpo da garota.

Regina fechou os olhos no momento em que Fred a beijou. E por isso não viu Carlos descendo as escadas que iam dar na pista.

Carlos logo reconheceu a irmã. Regina e Fred formavam um par que chamava a atenção, os dois bonitos e tão envolvidos no beijo, num canto da pista.

"Kátia", ele pensou. E seu coração se agitou quando reparou numa loira dando malho com um rapaz moreno. A luz escura atrapalhou, o coração do rapaz continuou agitado por longos segundos até perceber que aquela não era Kátia.

A irmã continuava atraindo seu olhar como um ímã, enquanto ele tentava abrir caminho no meio da multidão. Aí o som mudou: uma música dos Titãs envenenou o ar, os casais se soltaram, e, destacando-se naquele monte de gente, estava ela. Dançando. Linda. Movendo cabelos longos e quadris, do modo como Carlos havia imaginado, do jeito que ele não a queria ver.

Carlos estava sendo empurrado de um lado a outro, todos dançando – menos ele. Foi tentando passar pelas pessoas, alcançar Kátia; um cara ainda soltou "vê se te manca", Carlos o empurrou, o cara ia invocar e só não o fez porque a namorada pegou no braço dele. Carlos foi seguindo, alcançou Kátia, ficou à sua frente. Ela dançava de olhos fechados, feliz, a perfeita máscara da felicidade e da entrega à música. Abriu os olhos, viu Carlos e sorriu – lindamente sorriu para ele. O rosto de Carlos devia estar terrível. Ela parou de sorrir, começou a diminuir o ritmo da dança, parou também, se abraçou nele, falou bem perto da orelha de Carlos "que bom que você veio!", e ele apertou a cintura da garota. A primeira estúpida impressão era de que ela mentia, ela não estava feliz por ele estar ali, e o segundo gesto foi falar "vamos tomar alguma coisa". E devagar saíram do meio da pista e alcançaram o bar.

No bar, o som era menos alto.

— Você chegou mais cedo... Como estava o cursinho?

— A última aula era ruim. — Carlos não encarava a namorada. Parecia totalmente interessado em conseguir sua cerveja. — Tão ruim como isso aqui.

Era provocação. Kátia se apoiou no balcão, fez uma careta.

— Não acho. Está muito legal.

— É? Dançando muito?

— Mais ou menos.

Carlos agarrou a garrafa de cerveja, tomou um longo gole. Falou sem olhar para ela.

— Do jeito que a Regina está dançando? Quem é aquele cara?

Ingênua, Kátia procurou com os olhos onde estava Regina. Não tinha reparado no agarro de Regina com Fred. Viu os dois, ainda se beijando. Sentiu o rosto ficar quente, bem mais quente do que quando estava na pista. Falou com ódio.

— Não sei quem é aquele cara. E também não te interessa saber.

— Qual é, Kátia? Vocês não vieram juntas?

— Eu não vim pra ser babá de ninguém. Sua irmã sabe se cuidar sozinha. — Carlos continuou calado. Tomou mais cerveja. Suspirou.

— Está bem. Ele é primo da Wilma. E fique sabendo que faz tempo sua irmã queria ficar com ele numa festa.

Carlos bateu a cerveja com força sobre o balcão.

— Eu não entendo mulher! Esse papo de ficar, ficar... coisa mais "galinha", mais... eu tô me segurando pra não ir até lá e carregar a Regina na porrada pra casa.

— Se você fizer isso, Carlos, acabou nosso namoro.

Carlos olhou para uma Kátia furiosa. Provocante. Ele não conseguiu se conter. A vontade de ferir veio forte demais.

— É? E por quê? Quantas vezes você não ficou com os caras nas festas, hem? Vai ver, hoje mesmo, antes de eu chegar.

Kátia abriu a boca pra responder, desistiu. Saiu depressa. Foi tentando passar por entre as pessoas, depressa, fugindo, chorando.

Carlos olhou para a garrafa. Tomou um gole. E bateu a garrafa de novo sobre o balcão.

— Eu e minha boca grande!

Saiu atrás dela.

— Kátia! Kátia!

Algumas pessoas riram dele. Carlos teve vontade de esmurrar, esmagar os risos, o ódio, o medo latejando na sua fronte, o medo de perder Kátia. Segurou no seu pulso, os dois estavam perto da saída e se beijaram. O conhecido sabor de lágrimas entre os lábios da garota. O beijo terminou em suspiro e quase gemido... "Por que você faz isso comigo?", foi perguntando, baixinho e tão-tão dolorido.

— Eu sou um idiota. Eu não sei por que me comporto como um idiota. Você consegue esquecer esse monte de besteira que eu falei? Consegue? — Carlos segurava nas duas mãos de Kátia. Era medo de que ela escapasse dele? Fugisse?

Kátia fungou um "talvez", e estava linda, com seu rosto meio destrambelhado por lágrimas e ressentimento... tão linda... Carlos a beijou, línguas quentes se tocaram. Suas mãos seguraram com força as costas da garota. Depois os dois sorriram... Kátia falou:

— Tem uma condição, senhor Carlos...

Expressão espantada de Carlos.

— Você tem de dançar comigo todas as músicas que eu quiser.

Carlos suspirou, ia começar a explicar, a gesticular; colocaram o som a toda, Kátia puxou o namorado pela mão, os dois se misturando à multidão que dançava solta e leve. Ela ainda reparou na Regina dando uma escapada com o Fred por uma porta. Fez Carlos dar uma guinada de posição pra que ele não visse a irmã, e dançaram, dançaram, dançaram...

A autora

Arquivo pessoal

Oi! Eu sou a Marcia Kupstas e sempre gostei de livros. Seja para ler ou para escrever. Quando era criança, amava a ideia de morar no Sítio do Picapau Amarelo, com as inesquecíveis personagens de Monteiro Lobato. Depois que cresci, descobri muitos autores maravilhosos, que me ofereceram páginas onde pudesse morar. Até que resolvi escrever minhas próprias histórias...

O primeiro livro foi *Crescer é perigoso*, que ganhou o Prêmio Revelação Mercedes-Benz. Ele saiu em 1986 e faz sucesso até hoje entre os jovens!

Aliás, gosto muito de escrever para jovens. Tenho dezenas de livros para essa faixa etária... como este, que está aqui para você. Espero que tenha gostado!

Beijos,

Marcia Kupstas

Entrevista

Histórias da turma reproduz, com muita sensibilidade e realismo, o modo de vida e o pensamento adolescente do final dos anos 1980, porém sem perder o frescor dos anseios e das angústias juvenis. Ao ler a entrevista com Marcia Kupstas, você conhecerá alguns detalhes do processo de criação dessa autora talentosa e superexperiente.

RETRATAR O UNIVERSO ADOLESCENTE, COMO VOCÊ FAZ, REQUER UM CONHECIMENTO MAIOR DE COMO, EM GERAL, OS JOVENS PENSAM, AGEM, SENTEM. VOCÊ CONVIVE OU JÁ CONVIVEU COM ADOLESCENTES? CONTE UM POUCO SOBRE SUA EXPERIÊNCIA COM ELES E POR QUE VOCÊ OPTOU POR UM PÚBLICO-LEITOR DESSA FAIXA ETÁRIA.

• Já fui professora de Redação e – pode não acreditar! – cheguei a ter mil alunos em um ano! Todos adolescentes... Gostava de lidar com eles, me divertia com suas conversas, com seu universo. (Nessa época, publiquei meu primeiro livro, *Crescer é perigoso*.) Acho que a identificação foi mútua, pois recebi muito carinho de meus alunos, e consegui transportar esse sentimento para minhas obras. Acredito que por isso os leitores jovens se sentem à vontade nas páginas de meus livros; além do mais, procuro retratá-los com honestidade, como eu realmente sinto que eles são, vivem e pensam.

AS HISTÓRIAS DE *HISTÓRIAS DA TURMA* FORAM ESCRITAS ORIGINARIAMENTE PARA A REVISTA *CAPRICHO*. CONFORME O TEXTO DE APRESENTAÇÃO DESTA EDIÇÃO DA OBRA, A INTERATIVIDADE ENTRE VOCÊ E SUAS LEITORAS DEVE TER SIDO UMA EXPERIÊNCIA MUITO INTERESSANTE. FALE MAIS SOBRE AS CONTRIBUIÇÕES QUE OS LEITORES PODEM DAR AO AUTOR.

• Nos tempos da *Capricho*, a quantidade de cartas recebidas era enorme, com comentários, sugestões, críticas sobre o comportamento das personagens... Muitas vezes, uma personagem ganhava destaque ou era deixada de lado em função do público, da capacidade de criar empatia com o leitor. Claro que em livro o imediatismo é impossível, mas sempre fico "antenada" com os leitores, com o que dizem em palestras, cartas ou *e-mails* que me enviam; procuro sentir se eles se identificam com minha obra e sempre levo em muita consideração suas observações. Já modifiquei final de livro ou perfil de personagem, por exemplo, por conta desses comentários. Acho que essa é uma atitude profissional: se pretendo seduzir o jovem, tenho de compreender e retratar seu universo, com seriedade e respeito, não "de cima para baixo", mas "por dentro".

Para construir as personagens principais da turma, bem como as situações vividas por elas, você se baseou em adolescentes conhecidos, específicos? Como foi o processo de criação dessas personagens?

• De modo geral, os perfis dos protagonistas foram definidos previamente, sem uma pesquisa minuciosa, por exemplo: tal personagem era igualzinha a determinado ator; fulana era a cara da minha vizinha... Constituíam retratos gerais, que, mês a mês, podiam ter características acrescidas ou modificadas, até por conta das sugestões das leitoras e de sua opinião acerca do que haviam gostado ou não nas histórias e personagens.

Se você fizesse parte da turma, qual personagem seria? Ou talvez preferisse ser uma mistura de várias personagens? Ou alguém entrando em cena? Por quê?

• Fazer parte da turma? Deixa comigo! Acho que preferiria ser uma "tiazona" legal ou uma irmã mais velha, que me juntasse com a moçada em algumas aventuras mas pudesse também dar uns toques, alguns conselhos. Claro que sem ficar mandando, pois aí é ser mãe chata e não tia ou irmã legal.

Atualmente, além das turmas que se formam nas escolas, nos clubes ou nos prédios, há também as "turmas virtuais", que se conhecem pela internet e interagem por meio de grupos de discussão (*chats*, fóruns, etc.). Como você vê essa nova forma de estabelecer relações?

• Já bati muito papo em internet, fiz até amigos e tive paqueras virtuais, mas *nada* substitui o cara a cara. Podemos e devemos encontrar pessoas e turmas com as quais nos identificamos; o meu medo é sempre o exagero. Não acho legal alguém tímido, que apresenta certa dificuldade de diálogo, "se fechar" na frente do computador, usando a tela como um escudo. Deve haver momento e dosagem para tudo na vida. Então, total apoio a amigos virtuais, mas cuidado para que isso não substitua gente de carne e osso.

ALÉM DE *HISTÓRIAS DA TURMA*, VOCÊ TEM OUTRAS OBRAS PUBLICADAS QUE TAMBÉM REFLETEM O UNIVERSO ADOLESCENTE. FALE UM POUCO SOBRE ELAS E SEUS PROJETOS ATUAIS.

• São vinte anos de carreira, a maior parte dedicada a livros para jovens. Coordenei coleções como **Sete faces**, **Debate na escola**, **Deu no jornal**. Escrevi muitos livros que tiveram grande sucesso, venderam muito... Adoro o que faço! Entre os trabalhos recentes, destaco *Eles não são anjos como eu*, em que juntei duas personagens muito estranhas, um velho ranzinza e um garoto drogado, numa história narrada por um anjo malandro. Também escrevi, em coautoria com meu filho Igor, um livro de depoimentos, *Micos e outros bichos: Pais em ação*. Atualmente, estou coordenando uma coleção juvenil para a Atual Editora, chama-se **Três por Três**. Está uma delícia trabalhar nesse projeto. Cada volume é composto por duas adaptações de clássicos da literatura universal e uma história contemporânea, interligadas por um mesmo tema. Sabe qual é o meu volume? *Três amores*. Reuni *Romeu e Julieta*, de William Shakespeare; *O morro dos ventos uivantes*, de Emily Brontë; e uma história inédita de minha autoria, *Um amor em dez minutos*. Os leitores vão ficar de lenço na mão, chorando de emoção! Isso não é bom?